U0467322

密码

李耀洪 著

北方联合出版传媒(集团)股份有限公司
春风文艺出版社
·沈阳·

图书在版编目（CIP）数据

密码 / 李耀洪著 . — 沈阳：春风文艺出版社，
2023.2
　　ISBN 978-7-5313-6364-4

　　Ⅰ．①密… Ⅱ．①李… Ⅲ．①小小说－小说集－中国
－当代 Ⅳ．① I247.82

中国版本图书馆 CIP 数据核字（2022）第 227931 号

北方联合出版传媒（集团）股份有限公司
春风文艺出版社出版发行
沈阳市和平区十一纬路 25 号　　邮编：110003
成都市兴雅致印务有限责任公司印刷

责任编辑：韩　喆　平青立	责任校对：陈　杰
装帧设计：四川悟阅文化传播有限公司	幅面尺寸：165mm×235mm
字　　数：185 千字	印　张：11
版　　次：2023 年 2 月第 1 版	印　次：2023 年 2 月第 1 次
书　　号：ISBN 978-7-5313-6364-4	定　价：78.00 元

版权专有　　侵权必究　举报电话：024-23284391
如有质量问题，请拨打电话：024-23284384

序 一

◎ 莫灵元

我不是小说名家，可李耀洪先生却诚邀我为他的小小说集《密码》作序。我却之不恭，只好勉为其难拉拉扯扯写上一两千字。谁叫我们既是酒友，又是文友呢！

何谓小小说？难以一言而蔽之。有种夸张的说法，写小小说是螺蛳壳内做道场，是床底打功夫。意思是指小小说场面窄小，人物活动空间不大，里面的人物不可能多，故事情节也不可能庞杂旁逸；但既然称为小说，小小说又必须具有小说的特性。所以，写小小说，尤其是写出好的小小说，绝不是件容易的事，这有赖于作家的文学素养和文字功夫。

小小说的"小"，表面看，在于它的篇幅小，亦即字数少。有人曾做过这样的划分：8万字以上为长篇小说，3万—8万字为中篇小说，2.5万—3万字为短篇小说，2500字以下为小小说。如果只有几百字，还可以再划分为闪小说。这只是个大致的划分，实际有异。比如，2.5万字上下、低于3万字的小说，有的刊物也把它列为中篇小说。小小说，我们一般的界定，是在1500字左右为宜。

怎样在这1500字左右的篇幅内"做道场"，那得八仙过海，各使各的法。

且看李耀洪先生如何施法。

《密码》收集了作者近年来创作的几十篇小小说作品，按题材大体可分为亲情友情、教育升学、扶贫帮困、日常工作、自由职业、奇人奇事等几大类，写的人物多是普通老百姓。小小说集通过一个个故事的叙写，把人性的真善美或假恶丑暴露了出来，生活的气息跃然纸上。

用作书名的《密码》，姑且划入奇人奇事类。《密码》是一出轻喜剧，以轻松愉快的笔调，叙写主人公MM设置密码和使用密码过程中一连串的不顺利状况。

小说开头便开宗明义："这个世界已经成了密码的世界。我们已经进入密码时代。"这样的开头，不仅总领全文，还埋下了讽刺的意味，吊起了读者的胃口。小说写的是一个叫马政艳的女人，是个"美眉"（MM），因为她设置有许多密码（MM），所以被称呼为MM。她对密码有着特别的偏好，"家门、保险柜、电脑、QQ、微博、社区、论坛、淘宝、支付宝、银行卡、医保卡，什么都要用密码，就差上厕所大小便不用密码啦！"可是，有一回，她到药店买药、到银行取钱，密码接连都输错了，回到家，防盗门的密码也输不准，进不了家，最后憋得还尿了裤子。她气得把家门的密码锁换成了普通锁，还要弃用平日使用的一大部分密码。"她相信，这个社会还是和谐美好的！"从喜好到讨厌，MM（马政艳）走了一条大弯路，人物的发展变化，真是风趣幽默！

　　人与人之间的关系是微妙的。《钱不是问题》中，友情变了味。张明因为儿子要结婚而急着买房，按揭首付需十六万元。钱不够，张明想到了甘蔗种植专业户、老同学兼好友黄胜文，要向他借。黄胜文说"钱不是问题"，但等到张明夫妇去到他家，饭也吃了，酒也喝了，黄胜文夫妻两个却像踢皮球，你推我托，谁也不开口答应借钱，张明夫妇最后空手而归。

　　《这里有个姑娘叫小芳》塑造了一位兢兢业业的镇扶贫工作站信息员的形象。小芳姑娘是被聘用的，所以她还得准备公务员考试。她考了，还是笔试成绩第一名。但她由于忙于完成本职工作，没有抽出相应足够的时间去参加面试培训，面试落选了。后来，那位逆袭只高她0.3分的考生体检不合格，她递补选上了，成为正式的公职人员。这真应了那句老话：好人有好报。

　　《老丁》刻画了一位把钱物攥得紧紧的、舍不得花一分钱、舍不得吃一口好东西，却把多年积攒的三万二千元私房钱全部捐给学校的村民的形象。此文叙写细致，将人物形象刻画得入木三分，故事有趣，情节生动，引人入胜，是一篇不可多得的佳作。

　　《守护》塑造了一对恩爱夫妻的形象。小说叙述了妻子重病在床，丈夫生怕妻子在睡觉中离开人世不敢上床睡觉，而日夜守护在身边的故事，读来让人很受感动。

　　小小说集里面有看头的好小说还有许多许多，这里就不一一赘述了。李耀洪先生不愧是位有生活、有写作功力的作家。一个人有兴趣爱好绝对是件好事，如果再能够把自己的心爱之物变成可以传世的"硬货"，那更加可喜可贺了。

恭喜李耀洪先生！

但作为老朋友，有些话我还是提出来与李先生共勉。比如，关于作品的精练问题。我们写小说，尤其是写小小说，要力求文字的精准简练，于主题表达、人物塑造帮助不大的，可有可无的多余的字、词、句坚决不用。长篇小说、中篇小说，由于是"大个头"，允许，也难免夹杂一些"闲话"，甚至是"废话"，但小小说不允许，因为里面的"水分"太容易被看出来了。

不知李耀洪先生以为然否？

是为序。

（作者系广西作家协会会员，中国微型小说学会会员）

序 二

◎ 李耀洪

记得一位作家曾经说过一句话:"值得写的短篇小说有两类:一类是有意义的,一类是有意思的。"对这位作家的这句话,我深以为然。诚然,这位作家说的是"值得写的短篇小说",但对于小小说或中篇、长篇小说而言,无不如此。我断章取义地理解为:值得写的小说有两类,一类是有意义的,一类是有意思的。所谓"有意义的",指这一类小说(故事)非常值得写,写出来,公之于世,对这个世界、这个社会的文明进步有一定的促进作用,对生活在这个社会中的人有教化功能。所谓"有意思的",是指这一类小说(故事)有趣味、幽默、引人入胜,俗一点儿说是好玩,作者创作并发表出来,供人阅读,使读者从中感到有趣,获得愉悦的精神享受。当然,小说"有意思"的同时也要"有意义",这是小说作者在创作中必须考虑并在作品中体现出来的。

基于上述理解,我在这些年的小说创作过程中,尽量注意到这"两类"。

作家创作的文学作品会直接或间接影响着读者,从而影响社会,因此作家应当努力成人类灵魂的工程师,用优秀的作品引导人民正确地看待历史,认识现实,从而推动社会文明的进步。我是一名写作者,我创作的小说作品也有同样的作用,所以,我特别注意"有意义"。在选材上,一定要选择那些有意义的题材进行创作,写出来的小说要有积极的社会意义,能够正确反映当时的社会生活情况,弘扬真善美,鞭挞假丑恶。我尽力做到,没有正能量的人物故事不写,没有意义的小说不写,所以说,我的小小说集《密码》中的小小说,都是有意义的。

文学作品之所以是文学作品而不是政治教育读物,是因为文学作品尤其是小说是通过塑造形象反映社会生活的,为此,塑造的形象必须是"有意思的",整篇小说作品必须是"有意思的"。因此,在"有意义"的基础上,我更注重的是

"有意思"。小小说所写的故事，比如农村人上街买东西，比如主人公赴蝶恋花之约，比如阿巧老师巧妙教育学生，又如一位家长给儿子起名字，等等，都是很有意思的故事。故事情节的设置我也是尽力做到曲折生动、跌宕起伏、引人入胜，结局出人意料，因为我知道，文似看山不喜平嘛，故每每构思，我都绞尽脑汁进行编排，力求"有意思"，让读者通过阅读，得到愉悦，增长智慧。作品中的人物及其语言也力求"有意思"。MM的工作生活都离不开密码，就差上厕所大小便不用密码了，可到最后却尿裤子了，"这回连上厕所大小便都用密码了"。还有三爷想吃牛肉粉又不敢明吃，粉店老板反复三次都机械化一般回答三爷是"牛肉粉"。农村人上街帮老婆买文胸，对售货员说："才巴掌大的一小块布，也要五百块钱哪？"一位农村妇女驾牛车出工，路遇小汽车，牛被惊到了，她说："活不住哇。"这些都是很有意思的人物和语言，风趣幽默，趣味性强，读者阅读这样的小说，身心感到愉悦，其乐无穷。

  总之，创作这部小小说集，我是认真努力的。书中作品，有意义，也有意思，希望读者朋友们喜欢。但是，本人脑力不济，好读书而不求甚解；天赋不高，作文章而难达精品。小说作品中的各种不足之处在所难免，在今后的创作中我将更加认真努力，争取写出更好的让读者满意的作品。

2021年9月30日

目录 CONTENTS

001 / 那天中午
004 / 十块钱
007 / 密　码
011 / 面　试
013 / 多招了一个学生
015 / 流失了一名考生
017 / 调　动
020 / 牵　挂
022 / 期　望
025 / 守　护
028 / 名　字
031 / 钱不是问题
034 / 苦　爱
037 / 多谢关爱
039 / 餐　事

041 / 帮扶联系人
044 / 这里有个姑娘叫小芳
047 / 一夜暴风雨
050 / 迎　检
052 / 莫二福的烦心事
055 / 年度考核记
058 / 收废旧物品的女人
060 / 值　班
063 / 重复发放了的奖补
065 / 街上有人飙车
067 / 二胎计划
070 / 获　奖
073 / 多收了三十元
076 / 阿巧老师
079 / 对山歌

083 / 活不住

086 / 都是微信惹的祸

089 / 贷　款

091 / 他们都去哪儿啦?

093 / 一念之差

096 / 一次关于买房的争论

099 / 兄　弟

102 / 一套房子的意义

105 / 醒　悟

108 / 一只无人认领的鸡

111 / 乡下人

114 / 药　方

117 / 契　爷

120 / 牛肉粉

123 / 谁骑走了我的电动车

125 / 算一卦

127 / 难　题

129 / 农村人上街

132 / 老人证

135 / 人　才

138 / 抢　险

141 / 他不是孔乙己

143 / 酒　棍

146 / 1988年的一次体检

148 / 帮扶计划

151 / 电脑也会开玩笑

153 / 家　事

156 / 节日过后第一天

159 / 老　丁

161 / 路

164 / 后　记

那天中午

青娟下班回到家，丈夫林立能不在。打开家门，满屋的冷清和寂静扑面而来。

青娟心里嘀咕，这个不长进的东西，又跑到哪里去混日子了呢？

餐桌上放着一锅玉米粥，没有菜。

上午一连上了三节课，青娟累得连食欲都懒得提起来了，一点儿胃口都没有。

打他的手机。关机。

是不是又去打麻将啦？青娟最讨厌丈夫打麻将了，讨厌得以至于恨。

而青娟的丈夫就好这一手，打麻将。一坐到牌桌上就可以不吃不睡连续打上一天一夜，饿得两眼冒金星还打，就像吸毒一样，上瘾。什么清一色、混一色、十三幺等，他真的非常精通。但是说到读书写字，他就头痛。他初中毕业，考不上高中，就自费去读了成人中专，捞来了个中专文凭。他命好，中专毕业出来，就阴差阳错进了水电站工作。后来，电力系统改制，两个小水电站合并为水力发电公司。公司裁员，他便下岗回家了。

前天中午，青娟下班回家，不见立能，知道他玩去了。晚饭后，立能在看电视，青娟见他不出去，就微笑着温柔地问他："今晚不去打麻将啦？"

"不去。"立能不冷不热地回答。

"我想，你还是少去打麻将为好！"

立能转过头去看看妻子，警觉地反问："不打麻将我干什么？"

"你可以看看电视电影啊，你老去打牌，对孩子影响不好，经常熬夜对身体也不好的！"

立能又回头看了看青娟，对她的话不置可否，专心致志看他的NBA球赛了。

青娟以为立能会听进她的话，入脑入心了。

可青娟又错了。

立能原来并不是这样的呀！

想当初，水利电业系统的单位工作好，效益高。青娟当老师，除了工资，就没有什么另外的经济收入了。所以，当林立能认识了青娟，和青娟谈恋爱时，青娟就看上他单位效益好，人长得不错，对待她也很体贴，便爱上了他，嫁给了他。更主要的是立能人老实，心地好。他有一手水电安装、修理的技术，邻里的灯不亮了或者电风扇不动了等，一叫到他，他保准帮忙修好。

可没想到，他现在颓废到这种程度，有空就去打麻将。除此之外，他不求上进，不想办法再找一份工作，增加家里的收入，让家里人生活过得宽裕一些。

想到这里，青娟就来气。要是有来生，绝不会再嫁给这种人，特别是没读过多少书的人。没有文化知识基础的爱情也是不牢靠的。

本来，结婚八年了，已经过了"七年之痒"，进入了安全期。

干脆离婚算了！青娟愤愤地想。

要不是有了孩子，要不是孩子都七岁了，"七年之痒"真的就变成了八年之痛了。

可她马上又在心里责怪自己为什么会出现这种不符合实际的念头。离了婚，孩子怎么办？世上的事没有十全十美的，人生不如意事十之八九。这样想，青娟心里稍稍平静了一些。

可下班回来，又累又饿，家里却冷冷清清的，没有一点儿温暖，青娟真的很伤心。

青娟正在气恼着，忽然门口传来"咚咚咚"的声音，是用脚踢门发出来的。"咚咚咚"的声音让青娟更加心烦。

"是谁？"青娟一下子火冒三丈，大声喝道。

"是我。"立能在门外大声回应。

"刚才你死到哪儿去啦？打你电话又关机？"青娟一边嚷一边打开门。

立能站在门口，左手提着一个大篮子，有鸡有鸭有青菜，右手是个大蛋糕，正微笑着注视着青娟。

"怎么，不高兴啊？今天可是你的生日呀！"

哦？

青娟这才想起来，已经好多年不过生日了。

看见丈夫手上的蛋糕，青娟的情绪随即好了许多，一股暖流涌上心头。

立能一边走进家门，一边说："我找到了一份工作，下周一就上班，工资不高，但能给家里减轻一点儿压力。以后我再想办法多挣点儿。"

听丈夫这么一说，立刻，泪水溢满双眼。

十块钱

"你真是太善了，善得有点儿过头了，简直是傻瓜！"老婆一边整理货架上的货，一边不停地唠叨，"你以为你是大亨啊？你是亿万富豪哇？生意很容易做吗？钱很容易赚的吗？又是十块钱。人家还欠十多块钱，你就让人家把货拿走，那么相信人家，你傻啦？你……"

为这十块钱，老婆那张嘴呀，像刀子一样，剁呀剁，剁了大半天。

"顾客不就是钱不够吗？他答应下次来补上，这不就得了？你唠叨那么多，有意思吗？"

"你那么相信人家，他跟你是亲戚吗？"老婆似乎没有放过我的意思，一直穷追猛打。

就在刚才，一个顾客买了一打墨汁，几支毛笔。付款时，还差十块钱，他答应下次来买东西的时候再补上。我们并不认识他，但看他是一个读书人，应该是知书达礼的，我就相信他，让他暂时先欠着。可老婆就是不肯。

老婆的唠叨，我能理解。确实，在唐人文化街开这个文具店，小本生意，实在不容易，赚钱不多。

"上次那个青年人欠的十块钱，拿来补给你了吗？"

我说："还没有。"

"你看看，上次他不是说尽快拿钱来给你吗？怎么到现在还没有拿来呢？都半年多了。估计他是一去不回头了。一笔小生意欠十块钱，一天不就几十上百块吗？有你这样做生意的吗？"

提起上一次同样的事情，老婆还不依不饶，喋喋不休。

那是去年七月，下午五点钟，我们正准备关门，进来一个戴眼镜的清瘦的青年，他说自己是书法培训班的教师，要买大中小号毛笔各二十支，大瓶墨汁一箱，棉毡二十张，还有书法练习用的毛边纸等。付款的时候还差十块钱。我说，十块钱就算了，少赚一点儿呗。可那个青年人一再说"不好意思"，再三说下次一定拿来补上。看他很诚恳的样子，我也就不再说什么。反正做生意嘛，追求利润也是理所当然的。他说尽快拿钱来还，可大半年过去，一直没见到那个青年的影子。我都差不多把这事给忘了。

现在，又出现顾客欠钱的情况，难怪老婆唠叨不停。

不一会儿，一辆箱式小货车停在店门口。上月底定的那批宣纸到了。三下五除二，货物搬到店里，老婆拆开货包，发现有一小部分纸货不对板，纸质略差，每刀纸还夹带有破损的，纸张不完整的，属于二等品。

老婆说："打个电话问问。"货是我定的，老婆在盯着，我不敢怠慢，打电话问纸厂老板，他说没有以次充好，都是同一批货的。老婆说："上次老板不是打电话来说原料涨价了，要求加点儿价或者由我们负担运费吗？"我说："是呀，但我没答应他。我说按原来定的办。"

听我这么说，老婆又生气了："你看你看，人家怎么做生意？你怎么做生意？你那么善，别人对你却那么狠，原料涨价了，叫你加点儿价你不加，现在怎么样？看到了吧？……"

我心烦起来，大声说："我知道啦！"

五点钟，我们正准备关门打烊，一个似曾相识的身影出现在街头，一个戴眼镜的清瘦的青年向我们店这边走过来。

我对老婆说："你看，这不是那个欠十块钱的青年吗？他过来了呀！"

老婆一脸尴尬却故作惊喜地说："哎呀！真是日不说人，夜不说神，说曹操曹操就到了。"

清瘦的青年来到门前，说："老板，上次有个人在你们店买文具，还欠你们十块钱，现在拿来补给你们！"

"不就十块钱吗？你也真是太认真了！"我说。

"不是我太认真。欠你们十块钱的不是我。"听他这么说，我感到奇怪！仔细一看，也没有什么异样啊，清瘦的个子，戴着眼镜，读书人的模样。

"不是你？那是谁？我记得你就是这个样子呀！"

"那是我哥,我俩是双胞胎兄弟!暑假结束他就去北京读研究生了,他去得匆忙,就托我无论如何一定要把十块钱还给你们!"

收了十块钱,老婆再也无话可说。

密　码

这个世界已经成了密码的世界。我们已经进入密码时代。

MM 早上起来，洗漱完毕，拿了坤包，正要出门，忽然想起什么，便转身进入卧室，来到保险柜前，伸出手把住保险柜的密码锁，向左向右各旋转数次。密码是自己生日的一组数字，好记。而且从外面进入卧室要经过两道门，密码无须太复杂。柜门打开了，MM 拿了张卡，放进包里，出门去了。

其实 MM 名叫马政艳。她二十六岁，一米六的个头，身材匀称，脸色红润，全身充满青春活力。她已是一个孩子的妈妈，却活脱脱是一个年轻漂亮的"美眉"。

MM 是财经大学财务专业毕业生，现在是一家投资公司的会计。MM 有两个特别的本领：一是她能记住好多密码，这在投资公司是有名的；一是你设置密码时，她看不见键盘，只看你的手在键盘上的动作，就能猜出你设置的密码，八九不离十。所以同事们都戏称她"密码"，"密码"二字拼音的头一个字母合起来就是"MM"。

读中学时，MM 就是一名数学高手，对数学特别感兴趣，而且对数字的记忆力特好，所以，上大学她选的是会计专业。丈夫易家密是同一所大学的校友，计算机专业，是同一座城市的人，大学毕业选择自己创业，开了一间电脑店。

MM 来到办公室，坐到电脑前，咔嗒一声，按下开关，显示屏亮了，接着嗒嗒嗒键入一组密码，桌面打开了，背景是一个活泼可爱的女孩儿，是 MM 两岁的女儿妮妮的生活照。

MM 平时很勤快，办事利索，效率高，加上聪明能干，每个月该做的报表等，不费吹灰之力就完成了。今天没什么事，干脆上网。MM 双击 QQ 图标，键入 QQ 号和密码，登录，再点击，出来一个对话框，是与一个叫"荷塘月色"的网友的聊天界面。

"在忙什么？"

"在淘宝，网上的衣服很便宜呀。"

MM 又一连几次点击 QQ 图标，几次键入号码，几次输入密码，打开了好几个聊天界面。MM 有很多网友，为了区别对待，不同的网友，用不同的 QQ 号，对应有不同的登录密码。她能同时和多个网友聊天。

看到"荷塘月色"在淘宝，MM 也动了心。

马上又注册一个淘宝账号。双击淘宝网，电脑显示出一个界面，要填写用户名、设置密码、确认密码、填写验证码等。

为了保密和财务数据的安全，办公用的电脑有独立的密码，只有自己知道。这回注册淘宝网会员，该用什么密码呢？

MM 纠结了：密码设置简单了，不安全；复杂了，难记。怎么办？家门、保险柜、电脑、QQ、微博、社区、论坛、淘宝、支付宝、银行卡、医保卡，什么都要用密码，就差上厕所大小便不用密码啦！而且有的事项又同时有多个小项，比如一个人就有多张银行卡，都需要有密码。这个世界，难道竟然到了人与人之间互不相信，每个人，每做一件事，都用密码封锁起来，防止外界侵害的程度吗？

不过还是有密码好！只是密码太多了！如果一个人什么事用的是同一个密码，这很容易记，但项目多了，密码的使用频率就多，使用频率多就难免泄露。一项密码泄露，就有多项被人知道，特别是保险柜、银行卡的密码千万不能泄露。

昨晚看新闻报道，就有一个人持有多家银行的多张银行卡，使用同一个密码。他在网上注册淘宝用户，输入设置密码时，被不法分子在网上盗用，复制了银行卡，取走了卡里所有的钱。所以，还是小心为好！

就用自己的手机号码吧，最危险的地方也就是最安全的地方。

在界面上键入十一位手机号码。提交。注册成功。

上午快要下班时，MM 想到要去药店给父亲买点药，便关了电脑，跟同事打了声招呼，离开办公室。

拿到了药，到收银台付款。MM 拿出父亲的医保卡一刷，读卡器提示"请输入密码",MM 输入一组密码,读卡器提示"您输入的密码有误,请重新输入"。MM 再次输入,还是"您输入的密码有误,请重新输入",再输入,还是这样。连续五次,密码输入不成功,无法刷卡付款。

MM 拿出钱包,想直接付现金。可钱包里的钱不够。

她来到工商银行 ATM 机前,插入牡丹卡,输入密码,ATM 机语音提示"您输入的密码有误,请重新输入"。

怎么回事呢?

根据自动取款机的提示,再输入密码,还是不对。

"今天是不是见鬼啦?"她自言自语道。

MM 又跑到建设银行,取出龙卡,插入 ATM 机,输入密码,ATM 机屏幕上显示"密码不正确",MM 一下子蒙了。

"怎么会这样呢?唉!密码太多了!"

MM 重新输入另一组密码,ATM 机"唰——"一阵声响,屏幕提示"取款",输入数额,又是"沙——"的一阵声响,ATM 机终于向 MM 小姐付款了。

拿了钱,买了药,再到菜市买了菜,已经是将近一点钟了,下班好久了。

来到自家门口,插入密码钥匙,向左旋转 X 圈,再向右旋转 Y 圈,回头向左旋转 M 圈,最后向右旋转 N 圈,防盗门没开。

MM 一急,额上的汗冒了出来。今天怎么这么倒霉?父亲的医保卡密码输不对,工商银行卡的密码也记不准了,现在连家门都进不了。

结了婚,家事、公事,各种琐事就是多。孩子才两岁就送到娘家给父母带。从早上开始,奔波忙碌了半天,连小便都没空解决一下。现在内急真的快要憋不住了。城市花园小区里没有公共厕所,除了楼房就是楼房,也没有一个偏僻的让人方便的角落。MM 涨得满脸通红,急得要哭。

MM 打电话给丈夫:"我们家防盗门我打不开了,不知道是怎么回事,你赶紧来。"

"店里来了好多客人,一下子离不开呀!"

"我内急快憋不住了!"

"再忍耐一阵子,我马上就回去。"

过了二十多分钟,丈夫回来了。

密码

　　一开门，MM就冲向卫生间。还没到卫生间，就尿出来了！
　　这回，真的上厕所大小便也得用密码了！
　　原来，MM开门的密码没有错，只是由于今天几次输入密码不对，心急，加上内急，钥匙向左、向右旋转不到位，所以门没打开。
　　都是密码惹的祸。
　　一气之下，MM换掉了家门的密码锁，换成普通锁。她还打算弃用一大部分密码。她相信，这个社会还是和谐美好的！

面　试

　　事业单位工作人员招考成绩公布了，何君胜利入围面试。

　　何君报考的职位招员一名，有三名考生入围面试，何君笔试成绩是第二名，与第一名只差0.5分，在面试中有与第一名一搏的有利机会。谁能竞争到这个职位，就看面试时谁发挥得更好了。

　　"你一定要参加面试培训，争取打败第一名，拿下这个职位。"亲戚朋友纷纷鼓动何君去搏一搏。"像你这样，大学文科毕业生，口齿伶俐，能说会道，笔试分数相差不大，如果参加了面试培训，肯定能拿下第一的。"

　　近年来，公职人员招考培训机构如雨后春笋般发展起来，几乎要形成一条产业链。各个机构的培训项目种类也多，有两天两晚的，三天三晚的，七天七晚的；有精英班的，有实训班的；有包过的，有不包过的。总之，各机构都千方百计招生开培训班捞钱。培训一天一晚收费一千元钱左右。如果考生选择培训包过的，必须与培训机构签订合同，交费一万九千八百元或者更高，两三万元的都有。考生经过培训，面试考上了，合同就完美履行；如果考不上，培训费全额退款。

　　何君为人精明，头脑灵活，思维敏捷，算计周密，他就选择包过的那一项参加面试培训。全封闭培训八天七晚，交费两万八千八百八十八元。

　　何君很认真地学习，熟练掌握了面试答题的技巧、内容等。

　　面试如期进行，当天公布面试结果，何君的面试成绩是七十一分，与第一名的八十一分相差十分。何君落选了。

　　当晚，何君就与培训机构办理了退款手续，取回了培训机构的退款——两万八千八百八十八元。

亲友们不理解，问何君。何君微微一笑，说："我不喜欢这个职位，下次公务员招考再争取吧！"然后又进一步解释说，"面试考不上，全额退款，这样不好吗？反正面试答题的招数我全部学会了，钱也退回来了。"说完又狡黠一笑。

亲友们这才恍然大悟。

第二年公务员招聘考试，何君笔试成绩第一，比第二名高六分，只要面试成绩不低于第二名六分，这个职位就十拿九稳了。

可面试结果公布，何君的面试成绩比笔试第二名低七分，总成绩比笔试第二名低一分，何君落选。

从此以后，何君参加公职人员招考面试，屡战屡败。

多招了一个学生

林毅在市招生办遇见了他曾经教过的一名学生。

林毅知道,这个学生肯定是来报考成人大学的。林毅问他,是哪个函授站把你招进去的?他说是文华教育。林毅还问了他在哪里工作,报考的是高中起点升专科还是专科起点升本科,志愿是填哪个学校。他说在美亚纸业公司上班,报考的是专科升本科,志愿是广西民族师范大学经济管理学专业。

林毅是在常乐镇中学当代课教师时教的这个学生。虽然有十多年的时间不相见了,但他还清楚地记得这个学生的名字叫赵子杰。代课教师被全部辞退后,林毅便来到骆州市与别人合伙开办了一个校外辅导机构,取名为崇善教育,后来又与几所高校合作,把校外辅导机构改为成人高校函授站,招收成人高校函授生。你有报考的需求,我也正招生,暗号对上了,林毅心中暗喜:今天该我好运气,多招到了一名学生,我必须把他弄到我的函授站来。

"到我的函授站来吧!"

"我已经在文华教育那里登记了呀!"

"不要紧的,到时候我跟学校招生办的老师打招呼,录取的时候把你划到我的函授站就可以了。"

"可是他们收了我两百元的报名费了。"

"这两百块钱我付给你,我不会让你受到一点儿损失的。"

经过一番努力争取,赵子杰动心了。他想,在文华教育读是读,在崇善教育读也是读,崇善教育是自己的老师办的,何不去自己老师办的函授站读呢?

第二天,赵子杰就打电话给林毅,同意去崇善教育。

成人高考结果出来了,赵子杰顺利被广西民族师范大学录取。"民师大"也将赵子杰划到崇善教育函授站参加函授学习。

　　林毅多招了一名学生，每年就多两千二百块钱的收入，上缴学校后，学校返还函授站一千二百元。

　　第一、第二年，赵子杰正常交费正常参加函授学习。

　　第三学年，赵子杰没有按时来函授站报到交费。林毅想，反正是自己教过的学生，干脆先帮他垫付学费吧！

　　林毅垫付了学费，打电话给赵子杰，赵子杰手机关机了。打电话到美亚纸业公司办公室，办公室的人说他下岗了。林毅找到了赵子杰的一个同学——也是林毅曾经教过的学生。那个同学说："赵子杰下岗了，未毕业的函授本科也不读了。"

流失了一名考生

韦秋花确定要实施人生的第二个重要计划时，崇善教育函授站的唐臻老师就开始着手为韦秋花做好服务了。

唐臻是下乡招生时认识韦秋花的，她刚刚当选为村委会委员。韦秋花只有初中学历，她的学历与她现在的身份已经很不相称了，所以她要报考成人大学，她要拿大专文凭。这就是她的人生的第二个重要计划。她人生的第一个重要计划是竞选村委会干部。她决定在唐老师的崇善教育函授站报名参加成人高考辅导班学习，由函授站老师指导复习、指导参加全国统一招生考试。

唐老师给她送来了一套复习资料，让她认真复习。每周星期三、六在她值班的这两天，唐老师就到村委会去指导她复习。韦秋花对报考成人大学信心不足，唐老师就及时给她鼓励，还举了许多初中毕业考上函授大专的例子，帮她树立起了必胜信心。

唐臻是当老师的人，整天忙碌在招生、辅导考生复习这些工作上，对考试这种事了如指掌，所以他对这个考生也是信心十足的。他也为这个考生跑上跑下辛辛苦苦做了很多考试的准备工作。

成人高考网上报名开始了，韦秋花却给唐臻发来微信，说不考了。唐臻感到很意外。

唐臻又不得不重新进入动员、鼓励的程序。

"为什么不报了呢？你是担心考不上还是怎么样？"

韦秋花只回复了一个微信表情。

"你可以拿一套去年的试题来自己模拟考试一下，如果总分达到去年的录取分数线，那就说明你会考上，那就报名啰，要不然一年拖一年，以后会越来越难考的。"

"我有个朋友在骆州市也报考，我问问她再说。"

"建议你先网上报名，然后再自己模拟考试一下，如果分数上线，就接着确认报名和缴纳报名费；如果自己试一下没上线，就放弃确认，不交报名费就行了。"

唐臻老师在微信上和韦秋花聊了大半天，韦秋花终于松了口。

"我跟我的朋友一起报。"

"报啦？她在哪里报的？"

"在骆州市。"

"她报了没？"

"报了。"

"你也报了吗？"

唐臻发出了这条微信，一直等了两个多小时才有回复。

"我问她了，她知道我们这边的状况，她就帮我报了。"

"在哪个函授站报的？"

"文华教育。"

"你报什么学校？什么专业？"

"南方职业技术学院。会计专业。是我朋友帮报的。"

唐臻把韦秋花跑到另一个函授站报名的事报告给崇善教育的同事，一个同事说，她这个人的品质有问题。

两个月后，全国成人统一高考如期举行，韦秋花也如约参加了考试。

又过了一个多月，成人高考的结果出来了，韦秋花的考试分数没有达到成人高校的录取分数线，名落孙山。

调　动

周子华连做梦都想过城里人的生活。

他一直想调到城里工作。

他也一直在跑调动的事。十多年了，他跑细了双腿，跑走了青春，仍调不动，就像孙悟空跳不出如来佛的手心，周子华始终离不开那个小乡镇。

大学毕业分配那年，他买了一包香烟去找一位领导，要求分在县城工作。领导说："国家拿那么多钱培养你，特别是家乡人民花钱送你上大学读书，你应该回去为家乡人民服务。"离开那位领导家时，领导又把那包香烟塞还给周子华。最终那包香烟在箱子里发霉。

周子华这些年千方百计去跑调动，往县城里跑。

机会终于跑来了。

县建设局急需一名会操作电脑又有写作特长的人担任办公室主任。建设局的人都是学土木建筑工程的，能写的人找不到。一次，建设局的林局长下乡来到安吉镇，发现了周子华这个人才。林局长对周子华说："我想调你去建设局工作，你要是愿意，我去跟你们镇的书记、镇长说。"周子华万分激动："那真是太好了，我求之不得呢！愿去，愿去。"

第二天，周子华便赶到县城，找到林局长商量调动的事。

局长让周子华填写了干部商调表，给用人单位和镇领导签字盖章，交到了人事局。

不耐烦地等待了几个月，调动的事一直没有下文。后来周子华才知道建设局已经找了另一个人。

同事和朋友们都说："这次机会你没把握好，你跑得太少了。"周子华想想也是。本以为这次调去县城唾手可得，便没多跑一下，结果希望像肥皂泡一样破灭了。

周子华不灰心，继续寻找机会。一有空儿，他便往县城里跑。

周子华从朋友那里了解到县环保局缺一个秘书。心想，环保局也是个效益特好的单位，能去环保局工作，既可充分发挥自己的特长，又有良好的经济效益。周子华立即去找到环保局胡局长，说自己有写作特长，也会操作电脑。在当时，会操作电脑的人可谓凤毛麟角，何况周子华还有写作特长！胡局长答应了周子华，并让周子华填写了干部商调表，签字盖章交到县人事局。

事情竟然办得这么顺利，三下五除二，材料就交到人事局那里了，连周子华都想不到。

周子华吸取上一次调去县建设局不成的教训，多跑，隔三岔五地跑到县城，到胡局长家里去，周子华去胡局长家的次数一多起来，胡局长和他的家人都有点儿烦。胡局长对他说："你不用跑那么多，商调表交到人事局，人事局做了方案，领导讨论通过，你就能调上来了。"周子华又时不时跑到人事局去打听调动的消息。

过了半年，县内的人事调动已经办了两批，而周子华始终没得到调动通知。

失败又一次扑向周子华，而他也不知道自己为什么调不动。

不久，县政府办公室因为有几个年轻干部被安排到各乡镇任职，办公室缺人，便决定在全县范围内公开选调几名三十岁以下身体好、形象佳、懂电脑、会写作的干部到办公室工作。

周子华一米七八的个头，帅气，懂电脑、会写作更不用说了。于是，他去报了名，单位也帮做了推荐。

一周后，就有人到安吉镇对周子华进行了考核。

一切顺利。

但周子华还是不放心。为了十拿九稳，周子华吸取前两次调动失败的经验教训。有时间就悄悄地潜到县城，找考核组的人，找有关领导。

考核过后的一段时间里，周子华的心情特别地好，脸上时时洋溢着笑。虽然是初冬时节，镇政府大院里花儿红，草儿绿，天空中阳光灿烂，就像春天一般，一切都是美好的。

周子华近来的工作也特别地顺。

一天上午，周子华在办公室拟写文件，一个同事进来，说："子华，你到三楼会议室去一下，上面来了两个领导找你谈话。"周子华想，领导找他谈话，选调的事定了！

他一边哼着小曲，一边快步走向会议室。一进门，看见里面坐着三个人，一个是镇领导，还有两个是县里来的。

坐下后，镇领导说："这两位是县纪委的同志，今天来找你，是向你了解一些情况，有人举报，你在这次县政府办公室选调干部工作中有违纪违法的行为，请你如实说明，争取主动……"

听了这话，周子华愣住了。

牵 挂

"春节回家过年吗？"大哥发了一条微信给弟。

"不回。"弟简单回复，可能在忙着吧！

"为什么不回？"

"难请假！"还是简单回复。

"是不是没有钱坐车回来呢？"发出这个疑问之后，就没有收到弟的回复。大哥想，真的戳中了弟的痛处。但大哥又后悔这么戳痛了弟。弟在南方打工，四年多了，没回过一次家。在外打工，不扎实，没有耐心在一个单位干够半年，三五个月换一个地方，每一次辞工出来，就隔一个多月甚至几个月都找不到工作，挣来的钱都不够吃喝零用，不够交房租。

"大哥，早上很忙。没空儿跟你聊。"中午的时候，弟主动发来微信。

"春节回家过年吗？"

"不回。"还是两个字，似乎斩钉截铁。

"为什么呢？"

"找一份工作不容易呀！春节又是用工荒的时候，难请假。"

"你都几年不回来了，妈老是惦念着你！老是问，在外面过得好不好哇？工作怎么样啊？"

"惦念就惦念吧！我又不是出来做坏事！"

"有女朋友了没有？"

又没有回复。弟最不高兴别人问他有没有女朋友的事了！都三十多岁了，还独自一个人在外闯荡，这也是家人关心的重点。

大哥见弟没有回复，干脆打电话过去。

"你真的不回来过年吗？"

"不回！"

见弟弟那么坚决，大哥说："我希望你能回家过年。爸和妈也应该都是希望你回来过年的。爸、妈都老了，妈已经七十八岁了，你想想，你还能跟爸、妈过几个年呢？你过年不回来，这辈子你还能陪妈吃几顿饭呢？六月份妈生病住院，出院那天我开车去接她回家，下车的时候，她问了一句'这是到哪里了呀？'她都老成这样了。

"还有，前两个月妈生日，我们一家回村里给妈过生日，陪妈吃一餐饭。你姐一家也去，我们到的时候，她见我们买菜买肉买水果回去，妈一脸惊讶地问：'你们买那么多东西回来，今天是什么日子呀？'妈说这句话，听起来都感到好笑，但我们心里却有一种悲凉在浮动。见到你侄女嘉平，妈却问：'周梅，你放假啦？怎么有空来呢？'妈把你侄女认作你姐的女儿了！妈确实老了！"

"每次我回家看她，她都问我，阿华在哪里打工？阿华工作累不累？阿华有打电话来过吗？所以，哥希望你能够回来过年！妈不需要你带很多钱回来，你人来就得了！

"还有，去年婶婆去世，你也不来。你是她的亲侄孙之一，她没能见你一面就走了。她可是看着你长大的哦！你小时候她最疼的就是你了！……"

大哥娓娓地说着，电话那头，就有抽鼻子的声音传来。大哥也就不说了，而手机像凝固了似的贴在右耳旁，久久不放下来。

叮咚一声响，阿华发来一条微信："我要上班了，中午只有一个小时休息，我得吃午饭！"至于春节回不回家过年，弟弟不表态。

除夕，节日吉祥的气氛笼罩着整个山村。大哥一家四口回村里过年，阿华的姐姐一家今年也回到娘家这里来过节。傍晚，天渐渐暗下来，妈和大哥他们一家子围坐在一起吃年夜饭，妈又问："阿华打电话来过吗？怎么不回来过年呢？工作太忙了吧？"大哥说："我打电话问他了，他请不了假，不回来过年啦！"听大哥这么说，妈就不再说话。见妈不说话，大家也就默默地吃着饭。

这时，沉沉的吱呀一声响，厚实的木板门被推开，阿华背着一个大背包出现在家人眼前。

期　望

　　文林下班回到家，看见儿子正专心看电视。从儿子轻松自在、脸带笑容的样子上，文林知道儿子心情很好。

　　啊哈！热烈祝贺你这次考试获奖！

　　昨晚，班主任就通过校讯通发布通知，今天学校开散学典礼，要求学生穿校服参加散学典礼和颁奖。文林也知道，儿子肯定会得奖。这么多年来，儿子的学习成绩一直不错，从小学一年级到现在的五年级上学期，四年半时间里，期中、期末考试共进行了十八次，儿子有十七次获得一、二等奖。儿子就像考试机器，逢考必胜。对儿子的获奖，文林是很有信心的。

　　现在文林的心思已经不在考试获奖上了。他希望儿子全面发展，德智体美劳，样样都出色，所以，他让儿子学画画、学书法、学乐器，有空叫儿子出去玩，教儿子对人有礼貌，经常带儿子去旅游，等等。节假日里，很多家长都送孩子去补习班补习，英语啦，作文啦，而文林从不考虑让儿子去补习。

　　听到父亲的祝贺和夸奖，儿子笑了笑，转身从书包里拿出三张橙红的奖状，递给父亲，笑嘻嘻地站在父亲面前。

　　文林接过奖状，逐一翻看，一张是三好学生奖状，一张是优秀班干部奖状，一张是美德少年奖。没有考试成绩奖。文林的笑脸霎时微微僵住了，兴奋的心情一下子被失落所代替。但是，文林转变得也快，一两秒钟之内，僵住的脸马上又开了花。儿子没有发现父亲脸色的变化。文林紧接着说："非常好！不愧是文家的好儿子，有其父必有其子……"说着，笑呵呵地叫儿子把奖状收好。

　　儿子这次期末考试没有获奖。其实，文林心里有很强烈的失落感。他觉得丢脸。好像儿子班的家长们都在旁边，每个人都向他投来各种奇异的目光，每个人都在说：哼！他也有脸上无光的时候哇！每次开家长会都是他代表家长发言，这次蔫了没？

虽然自己想培养孩子全面发展，要求孩子各方面的表现都出色，不局限于考试成绩，尽力避免高分低能的情况出现，在行动上自己也是这么做的；但一旦儿子考试失败了，他心里也是很难过的，这种不良的情绪一直缠绕着文林。

不就一次失败吗，值得那么难过吗？

期末考试没有获奖，但儿子也收获了三张奖状啊，特别是美德少年奖，说明自己教育有方，老师教导得法，儿子在为人处世方面正往自己期望的方向成长，比那个考试得的奖更有价值呀！

儿子才五年级，还小，机会还很多，这次失败，正好让他吸取教训，争取以后考得更好！

文林不断地抚慰自己。

寒假里，儿子放松多了，有时约同学去玩，有时起床后做寒假作业，有时看书，有时看电视、上网玩游戏，有时也成了低头族，有时晚上十二点还没上床睡觉，也经常睡到中午十一点钟才起床。假期生活没有规律。

文林看在眼里，急在心上。想到期末考试的失败，文林心里的不良情绪又悄悄涌了上来。好在儿子每天都开开心心，看到儿子开心，文林失落的情绪和一点点轻微的恼怒也就悄悄地潜下去了。

儿子坚持每天下午去书画培训中心学画画，比较系统地学了中国画，现在他的画也像模像样了。

文林真是用心良苦哇！他花了一千五百块钱买了一台经典听读机，每天在一些适当时段播放国学经典，如《弟子规》《朱子治家格言》《美德教育故事》等，又买了《小学生必背古诗词100首》给儿子读。他告诉儿子，学画画一定要读诗词，因为诗跟画是分不开的，诗中有画，画中有诗，画画的人要有丰富的想象力，而诗歌正好培养人的想象力。

文林这样做，是想一举两得。通过学习经典国学，儿子受到潜移默化的教育，学会做人——做一个知书达理的人，从学习经典国学中增长语文知识。

可儿子对背诵唐诗宋词兴趣不大。

一天，文林见儿子玩手机已经玩了很久了，同时看见放在沙发上的《小学生必背古诗词100首》，文林不敢表示不高兴，笑着问儿子：手机上有什么好玩的东西,给我也玩一下好吗?儿子说是一款智力游戏。儿子也没注意到父亲这样说话的用意,高兴地说:"等我赢了这一局再给你玩。"文林说:"玩游戏太多不好的,对眼睛不好,更主要是会影响学习。"

儿子回头看了看父亲,意犹未尽地说:"就玩这一局得了。"

文林看见儿子很乖很听话,也就不想再多说什么,随便地问儿子:"上次期末考你们班里有谁获得一等奖?又有谁是二等奖?"

儿子说:"不知道哇,期末考试还没有发奖呢!"

守 护

夜，已经很深，应该是凌晨了吧。男人还没有睡。一个人静静地坐在大厅的沙发上，灯不开，电视也关了，就这样静静地坐在黑暗中。

大厅的后面就是卧房，女人就睡在里面。

刚才还听到女人轻微地呻吟。现在已经静了下来，而且已经安静了大概有一个小时了。

男人背靠着沙发，睁着眼睛，一动不动地望着黑暗。他睡不着。这样的晚上已经有一个多星期了。

男人睡不着，不是不困。以前，他都是很容易入睡的。每天晚上吃完饭，男人和女人一起坐着看电视，看着看着，男人就坐在那里，耷拉下脑袋，让电视看他了。无论电视节目怎样地吵闹，也没能干扰男人做着他的梦。直到女人推了推他，说："去，先去洗澡睡觉吧！"男人这才站起来，向洗澡房走去。

操劳农活，辛勤劳作，男人每天都很累，所以每晚都很容易睡去。几十年来，都是如此。

可这一个多星期以来，女人的病改变了这个男人的这种作息习惯。

女人得了重病，是癌症，已经查出近一个月了。

女人的身体原来好好的，干农活儿的女人都是壮壮实实的。

在生产队时，女人每天和男人一起下地干活儿，男人能干的，她也能干。

单产承包后，女人就独自承担了田地里的大部分活儿，男人干起了建筑。农闲时，女人也和男人一起走村入屯，给村民建房子。女人拌浆、搬砖，男人砌墙。男人和女人从来不说什么，也不需交代怎么做，但两个人配合得很默契。

几十年来没病没痛，现在怎么就一下子病得那么严重了呢？男人心烦意乱。

这一个多星期来，女人的病越发严重了，有时痛得大声叫喊，身上直冒汗，疼痛轻一点儿时，就不断地呻吟。男人心里很紧张，每天睡不着，只能守护着女人。直到女人安安静静睡去了，男人才靠在沙发上睡去。

男人有自己的床，但他不去床上睡，生怕女人什么时候醒来，他离她最近，马上就有及时的照应。

十多天前，女人在医院留院检查，由女儿陪护。家里，还有个已经残疾了的儿子和一个六岁的孙子需要照顾，男人没有去医院陪女人。男人就每天早晚打电话到医院。

男人跟女人说，菜地里的南瓜苗长得好哇，嫩嫩的，绿绿的，苗儿长长的。南瓜花开得多呀，密密麻麻，黄灿灿的。今天卖了一担的瓜苗和瓜花，得了一百多块钱。那畦韭菜才剪了几天，又长了两三寸了。又说，小孙子真乖，幼儿园老师今天又奖给他一朵小红花。如此等等。电话天天都打，一边说，一边呵呵笑。

女人在医院里，每天都能吃上新鲜的蔬菜。男人每天早上采摘了蔬菜，就托人带给女儿，煮好了送到医院。

那天晚饭后，男人跟往常一样打电话到医院，仍然是这些内容。女人听多了，听得耳朵都长茧了，心里就有点儿不高兴。女人跟女儿说："你爸呢，又打电话来了，说家里的菜怎么怎么好，今天又卖了多少多少钱，可就不问一句是什么病啊，病好一些没有哇。"

女儿看母亲有点儿不高兴，笑了笑，没有说什么。

女儿知道，父亲是关心母亲的，只是农村人憨厚木讷，不知道怎么开口。现在，母亲是想家了。

男人静静地坐在黑暗中，时刻关注着床上女人的动静。

最麻烦的是女人叫喊疼痛的时候，男人就急，不知所措，不知道该说什么好，也不知道怎么安慰。男人就只有坐在床前，默默地握住女人的手，紧紧地，似乎要把女人的疼痛通过握住的手转到他的身上。

男人知道女人身子的疼痛。男人心痛。

女人不知道自己得的是什么病。女儿告诉她说是胃病。女儿跟父亲说，不要把病情告诉母亲，不要让母亲担心。男人就听了女儿的话，没有把病情告诉女人，给女人留下了信心和希望。

为了这个希望，男人就坚持每天守护在女人的身边。

女人在床上安静了这么久,应该是睡好了。

可是,突然,有一种不祥的想法冒上来。怎么那么安静呢?真的一点儿都不痛了吗?还是她就这么不声不响地走了?男人的心情立刻紧张起来,心跳得厉害,像万马奔腾。

男人急忙站起来,借着外面星空从窗口漏进来的一点儿光,轻轻地摸到女人的床前,透过蚊帐看女人。

女人闭着眼,静静地仰躺在床上。知道男人走近,她突然睁开眼睛。

"你还没睡呀?"女人问道。

"没……没……睡不着,"男人支支吾吾,"我担心你……"

"担心我什么?"

"没……没什么……"

男人不敢说他担心什么,就急忙向卫生间走去。

名　字

　　一个人区别于另一个人的基本特征之一就是名字的不同。名字是一个人的符号，相当于某一类事物的编号。名字还承载着家族的延续意义。名字叫起来要好听，用起来易记、易写，写出来好看，重要的是名字要蕴含着深刻的意义，寄寓着用名字的人对美好未来的希望。有的父母给儿女起名字，就充分考虑这些，让孩子有一个响亮的名字；而读书少的父母则随便起个名字，让儿女有一个符号就得了；有的父母甚至把儿女叫成阿猫、阿狗之类，说是给孩子起个贱名，好养！有的人就有点儿迷信，给儿女起名字，还要考虑生辰八字和"五行"，即金、木、水、火、土。从生辰八字中看孩子五行里喜用哪一项，就在名字上选取含有这一项的字。有的人还考虑笔画数，姓名的笔画数所包含的"凶""吉"意义，对一个人的命运有着暗示作用，所以起名字，认为姓名的笔画数要选用"吉"数。

　　为了给儿子起个好名字，王福庭查字典，读《起名学》等书，参考名人的姓名，等等。他要给儿子起一个好名字。可是，喝了儿子满月酒，又将喝百日酒了，名字还没起好。四年的大学中文专业白读了，把脑瓜给读蒙了！弄了几个月也没把名字弄出来。一天，他灵机一动，随手拿出《现代汉语词典》，啪的一声拍到桌子上，闭上眼睛，伸手翻开《现代汉语词典》，把打开的《现代汉语词典》页面上所有的字一个个抄在纸片上，揉成一团，扔进一个倒扣的碗里，在妻子的见证下，抓阄儿。

　　上帝也真会开玩笑，他抓出第一个阄儿，打开，竟然是个"八"字。刚才在抄写这个字的时候，他就在心里暗暗祈祷，千万千万别抓到这个字哦！现在竟然事与愿违，难道儿子就叫王八？

不行，这一次抓阄儿不算数。

后来，为了上户口，临时给儿子起了个名字，叫"王伟平"。

上完户口后，他仍然要考虑方方面面的要求，好写，易记，好听，含义深刻，还要五行齐全，符合数理。儿子"五行"喜土。于是，王福庭在电脑上百度了"五行"中属"土"的字，从字表中选了"砰"字，十画，给儿子起了个名字叫王伟砰。从数理上看，王伟砰三个字的繁体字笔画数是二十五，大吉。儿子生肖属龙，现在名字中也不含有绞丝旁、国字框之类含有被捆绑被囚困的意思，这个名字是好名字，龙又是高贵、腾达的象征，儿子真是龙的传人了！

王福庭马上去公安局户籍科把儿子的临时名字"王伟平"改成了"王伟砰"。从此以后，王伟平的作业本或考试试卷上的姓名也写成了"王伟砰"。但在学校里，老师和同学们仍然叫王伟平。似乎没有谁发觉"王伟砰"的这个重大改变。

还是语文老师更敏锐些。一次月考过后，语文老师问王伟砰，为什么把名字改成"王伟砰"呢？"砰"可是个象声词哦！

王伟砰不知如何回答。回到家里问父亲，父亲才恍然大悟。王福庭只是有点儿尴尬地笑了笑，马上就有了主意，对儿子说："你回去告诉老师，这个字确实是个象声词，在中国，同名同姓的人实在太多了，我选用这个字，标新立异，别人容易记住你……"

王伟砰也是很伶俐的一个孩子。有一次，体育老师点名，点到王伟砰，就问他为什么用这个字做名字。王伟砰说："这个字好，'砰'字表示我时时刻刻都在起跑线上，准备起跑，发令枪一响，我马上冲出去，'砰'字还表示有爆发力。"说得体育老师再无疑义。

每个老师向王伟砰提出这个疑问时，王伟砰都能给出合理的解释。数学老师问他"为什么用砰字做名字呢？"他只是愣了一刹那，似乎无话可说，但紧接着他又说"砰"是象声词，表示声音快速发出并快速完成发音，我希望我做数学作业也能快速地完成。音乐老师问他，他说，这是弹琴发出的美妙的声音哪！

期末考试结束了，王伟砰又考了全年级第一名。散学开家长会时，班主任请校长到班里的家长会上讲话，在班主任拟的讲话提纲里有王伟砰勤学的事例，校长讲到"像王伟砰……"的时候，停顿了一下，不敢确定"砰"字的读音，转头问班主任，是王伟 peng 吧？班主任说，是的。

校长马上说，请家长解释一下，为什么孩子的名字用"砰"这个象声词？

来参加家长会的王伟砰的妈妈笑哈哈地说："其实这是他爸爸搞错了。孩子五行喜土，他爸就找一个属'土'的字，又想名字要合笔画数理，就选用了'砰'字，十画，姓名三个字的笔画数正好是25，这个数是大吉的数，可没想到，所选的字是象声词。"

钱不是问题

张明出去接了个电话，回来时脸上就有了一层薄雾。

三个月前，张明在新城区幸福花园交了一万元定金，为儿子订购了一套婚房。

儿子结婚也太突然了点儿，大学毕业才两年，工作还不稳定，可女朋友却稳定下来了，丈母娘怕夜长梦多，就催得紧了。好在这个楼盘是即将竣工的半现房，半年后即可收房装修入住。

按售楼的流程，交定金一周内就要交首付款十六万多，并签订正式的购房合同。张明已经向售楼部申请延期两个月交首付，因为他的首付款还没筹够。

现在，两个月的宽限期早就过去了。这不，售楼小姐都几次打来电话催交首付款了：还有六七天就是新年了，过了元旦，再不交首付，房子就是别人的啦。

辛辛苦苦排队摇号抢来的房子又不得不给别人，太窝囊了吧？关键是儿子的婚事，时间不等人哪。

几年前，乡下的一个朋友投资搞养猪场，资金不够，跟他借了六万元，由于市场波动大，加上非洲猪瘟的影响，养殖户连年亏损，张明借出去的钱一直没能收回来。现在，售楼部催交首付款。看来，只能借了。可是，首付款还差那么多，谁肯借给你那么多钱？老婆不无讽刺地说："就你死要面子，就你心地好，一下子借那么多钱给人家，现在收不回来了。"

老婆的话让张明心里有了点儿隐痛。

张明突然想到了老同学黄胜文，一位中学时最要好的朋友。他现在是甘蔗种植专业户，每年种蔗两百亩，纯收入二十多万元。

半年前，黄胜文到城里来，打算在城里买一套房给儿子，让儿子尽快找女朋友结婚。黄胜文叫张明带他去看房。

"要不，我们俩老同学每人一套，如何？反正你儿子也是二十几岁了，也到了该结婚的年龄了。"

"我还没考虑这个事，也没有筹钱做准备。"

"钱不是问题。我可以借给你。"

有道是，有心栽花花不开，无心插柳柳成荫。打算买房的黄胜文没买到房子，而还没有一点儿思想准备的张明却交了定金。

张明打电话给黄胜文提了借钱的事。

买好了酒菜，夫妻如约到了乡下黄胜文的家。

坐到饭桌边之前，张明和黄胜文就先谈好了借钱的事，黄胜文还是一句话："钱不是问题。"只有他老婆没有什么表示。

张明说："真是太不好意思了，一个领工资的人来跟一个农民借钱，可是没办法呀，事情来得太急促了点儿，救急不救穷嘛。"

黄胜文叫来本村的几个同学作陪，觥筹交错中回忆起中学时的学习生活，大家都很开心。中学时代真是一段非常美好的时光啊！只是后来张明考上了大学，出来当了教师，而在座的其他同学都在村里务农。虽然职业不同，平时来往也不多，但大家都能聊得来，毕竟张明也是从农村走出去的。

看看酒喝得差不多了，张明又把黄胜文拉到客厅，想把事情确定下来。这时，黄胜文却含糊其词，没有明确表态了："还要问我的老婆啦，我的老婆说同意就得了，我没有问题。"张明又跟黄胜文的妻子说："你的意见怎样？"黄胜文的妻子说："由胜文定吧，我没意见。"黄胜文却说："还是你定吧，这些钱又不是我一个人的。"他妻子说："还是你定了吧。"

看到黄胜文两口子在踢皮球，张明知道他们很为难。

不知是酒精的作用还是什么，张明的脸火辣辣的，他感到尴尬，脸上的笑有点儿僵硬，好在是晚上，没人看出他的脸色。张明依然笑着跟他们两口子解释，他借给朋友的六万块钱，在春节前就能收回，春节前保证能还给他，那个养猪场的朋友春节前有一批肉猪出栏。

第二天，张明没有收到黄胜文的信息。

后来一直都没有黄胜文的信息。

元旦前一天，张明打电话告诉黄胜文，说："问题解决了，钱，暂时不借了，售楼部同意有多少先交多少，不一定要全部付完首付款。"

黄胜文说："借不借由你了。你要借，也没问题。既然问题解决了，那再好不过了。"

转眼又到了春节，张明跟妻子说今年要去黄胜文家拜年，妻子说："你借钱他都不给，怎么好意思再去拜年呢？"张明说："正因为这样，更应该去拜年了。借钱和拜年，一码归一码。互相理解、信任才是最重要的。"

大年初二这天，张明带上妻子儿女，驱车到黄胜文家拜年，两家人一起吃饭、喝酒，还一起参加了村里的春节活动，快乐地度过了美好的一天。

苦 爱

阿锋是三叔的儿子，可三叔对阿锋好像恨之入骨的样子，动不动就骂。倒是我父亲把阿锋当作自己的亲生儿子一样看待，几年来只骂过阿锋一次，那时我父亲确实太生气了。

三叔有两个儿子，因为第一个儿子出生时就有生理缺陷，所以向有关部门申请批准生了阿锋。阿锋小的时候，三叔就经常打他，有时用巴掌打，有时用小木棍抽。阿锋很调皮，一不听话就挨打。从阿锋初中三年级开始，三叔就不再打他，但还是骂不绝口。

三叔这个人脾气很不好，有点儿古怪，暴躁，易怒。三叔只读了两年初中，由于不努力读书，连高中都考不上，初中毕业就回到村里务农，所以他没有多少文化，也不懂多少道理。打老婆，骂孩子，就是他的能耐。在他的脑子里，男人是家庭的主宰，老婆一定要服从丈夫的统治。三叔认为棍棒之下出孝子，对孩子严加管教就意味着打和骂。有几次喝了酒，就打老婆，老婆就跑回娘家不回来。

三叔年轻时是一个好吃懒做的家伙。二十八岁那年谈过一个对象，三叔和他的对象已经住在一起了，只是还没到民政所去办理登记手续。彩礼也送到女方家了，可是就在准备办喜事的时候，女方却跟另外一个男人走了，听说还怀了三叔的孩子。所以三叔现在这样对待老婆，也许他是把对前一个对象的怨恨转移到现在的这个老婆身上吧。三叔结了婚，分了家，但是他还没有自己的房子，还是跟父母——就是我的爷爷奶奶住在老旧的破房子里。分家分得的田地少，家里很困难。阿锋读初中，每次说要钱买笔、买纸，或者买衣服、买零食，三叔都是连骂带问："拿钱去干什么？每次都要那么多钱，我在家里会印钱吗？"每次阿锋要钱，三叔都是折半给或者打八折给。

村里的人看到三叔这样对待老婆孩子，还以为三叔是疯了呢！特别是动不动就骂阿锋，好像阿锋不是他的亲生儿子似的。

总之，因为种种事情，三叔一直都不开心。

阿锋初中毕业考不上重点高中，只勉强上了一个普通高中。在村子里，三叔的脸就更没有了光彩。那年暑假，整整一个假期，三叔没给阿锋一天的好脸色。每天早早就骂人了："还不起床去干活？今天你的任务是给甘蔗施肥，你不干活我没钱给你读书……""你想享福啦？书读不好，你连饭都别想吃饱。"暑假四十九天，农活干了四十九天，累得阿锋只想哭。

每次放假回家，阿锋都被三叔赶去干农活，农活干不好，还是被三叔骂。高一寒假的一天阿锋去帮砍甘蔗，砍累了就坐下休息，三叔见了又说："刚做了一点点又坐下了，你砍出来的甘蔗都不够我修。有本事你就别来干这个活。"阿锋忍不住顶了几句，三叔生气不过，捞起一根甘蔗，要打阿锋，可手拿甘蔗举到头上却没有打下来，骂骂咧咧地就走开了。

阿锋初中毕业时，本来想去职业技术学校读书。因为读职校交学费少，每年国家还会补助两千块钱，但每年还需要生活费一万元左右。三叔听了以后说："嗯！这样我得去找一台机器来印钱才得了！"

由于三叔脾气不好，阿锋最希望的是放假了学校安排补课。如果不补课，就在我家待着。有一次放假，三叔打电话叫阿锋回家，说："这段时间农活太忙，你回家帮煮饭烧菜。"那天晚上阿锋做好饭菜，三叔收工回来吃了饭，同时喝了半斤白酒，看见阿锋从外面回来，又尖刻地问："还不去学校回来干什么？"

后来，我们发现阿锋有时候晚上半夜趁我们睡觉了偷偷溜出去，天亮才回来。我父亲问他去干什么，他不说，而且把我父亲教导他所说的话不当作一回事，他不出声，还把脸扭到另一边，背对我父亲，表示违抗。我父亲狠狠地骂了他一顿，又把这事告诉了三叔。三叔知道了，对阿锋骂得更厉害了。"我辛辛苦苦攒钱，你拿去上网，回来我打断你的腿。"三婶也问阿锋："晚上半夜溜到外面去干什么？去网吧上网？去谈恋爱？"阿锋都说："我不是去上网，也不是谈恋爱。"

没有人知道阿锋半夜溜出去干什么，大家都担心他的安全。亲戚朋友都说阿锋不成人了！村里的人也说是三叔把阿锋给毁了。

去年八月中旬，三叔打来电话，说阿锋考上了首都师范大学，是免费师范生，国家包学费，包分配工作。打算在阿锋去学校前请亲戚兄弟吃一顿饭，一来庆祝庆祝，二来欢送阿锋上学。

　　接到三叔的电话，我们都感到奇怪，三叔好像变成另一个人似的，那么开朗，又那么在意阿锋。是阿锋给他长脸了吧！

　　那天晚宴，来了四桌的亲戚。三叔喝了不少的酒，因为他太高兴了，三叔也没有再骂人。他似醉非醉，黝黑的脸上挂满了亮闪闪的油彩。他大声对亲戚们说："阿锋考上大学，还是名牌的。不用交钱，好！不是我没有钱送儿子读书，不是我对待儿子不好，我不逼他，他能考上大学吗？我就是这样教儿子的。我今晚还要宣布，十月份动工建房子。"

多谢关爱

春节越来越近了，年味越来越浓了。节前的最后一项工作就是开展慰问活动，慰问老干部老职工，慰问先进人物和节假日坚守一线的同志，慰问贫困户，等等。

慰问是需要钱的，总不能到了慰问对象那里握握手说"我们来慰问你了，祝你春节愉快，阖家幸福"，或者在被慰问的人家里说说话喝喝他的茶水就完事，慰问需要有慰问品或慰问金。黄局长很显然知道这一点，但黄局长更懂得精打细算，今年春节慰问要多少钱，他应该在心里琢磨了不知多少遍了。

今年春节主要慰问四类人，老干部老职工、挂点村的村干部、贫困户和派驻扶贫的工作队员，总共33人（户）。为了节省开支，更是为了精准，黄局长亲自部署，亲自抓落实。他亲自交代财务人员准备采购慰问品的经费，经费筹备按以下标准执行——本单位离退休干部职工每人五百元，村干部和贫困户每份三百元。

当然，黄局长也是很讲民主的。他叫来何副局长一起，跟财务室的小李和小吴商量采购慰问品的种类、价位等。局长说，按照八项规定，春节慰问不能发现金，只给慰问品。慰问品选什么呢？见何副局长和两个财务人员都没有吭声，局长又说，给的慰问品要实惠一点儿，这叫作让群众得实惠嘛。于是他便亲自选定以下几种物品：一袋二十斤的大米，价格在五十到六十元，适合普通家庭食用即可，不能太贵，贵了开支大；一壶五升的花生油，一百元一壶的那种；二十包面条，每包两块五，普通面粉做的那种；还有糖果、饼干等年货，都选一些既实惠又美观大方的就可以了，比如旺旺大礼包等，经济实惠，包装精美，外包装是红色的，表示生活红红火火，寓意幸福吉祥，这样就可以了，不必选那些花里胡哨的所谓高档的商品，我们经费少，不能铺张浪费，要提倡过节俭年。我们选的这些品种，注意凑够五百元一份和三百元一份两大部分就得了。总之，采购的物品越便宜越好，慰问慰问，安慰和访问，主要表达心意。

黄局长特别交代，采购物品一定要到批发市场去，按批发价拿货。

选定了慰问品，局长和财务人员统计了经费总数，会计填写了支票，印上局长印鉴。小李突然发觉，还没把驻村扶贫工作队员姚远统计在内。局长说，唉！姚远只是一个人，去驻村几年了，差点儿忘了呢。局长又想了想，说，姚远嘛！他在村里干，就按村委干部的那个标准来安排慰问吧，他在村里上班，和村委干部一起，如果我们去慰问，给他的慰问品和村委干部的慰问品不一样，那村委干部就可能有情绪了。

一切安排妥当，财务人员严格按照局长的精心部署立即去采购慰问品。

办公室通知离退休人员自己到财务室领取慰问品，局长和何副局长就不一一登门慰问了。

第二天，黄局长亲自出马，与何副局长分乘两辆小汽车，携慰问品来到村委会。事前局办公室已经让姚远通知贫困户到村委会领取春节慰问品了。上午十点半的时候，村委会就热闹了，二十名贫困户的家人来到村委会，一一接受黄局长的慰问。黄局长满脸笑容，亲手将慰问品交到贫困户手中。

慰问村委干部与慰问贫困户相继进行，单位领导对村干部与姚远一视同仁，姚远也就此被局长慰问了。

在村里的慰问活动结束了，黄局长一行离开后，村主任说，别的村的挂包单位都给村干部慰问金五百元，给驻村队员慰问金最低是六百元，有些单位给八百元，有的一千元，镇里给的就是一千元。

姚远听了，脸上红彤彤的。

有关部门在督查春节慰问活动开展情况时了解到姚远的这一情况，分管扶贫工作的领导打电话给黄局长说，有文件规定，慰问驻村工作人员，慰问金不低于六百元。局长说，文件是两年前发的呀，还执行啊？分管领导说，总不能每年发一次文件吧？你担任局长的任命文件也是几年前发的呀，不执行啦？

就在除夕的前一天，财务室通知姚远去领取了六百元慰问金。

餐　事

　　大哥在城里工作。

　　妈到城里跟大哥一起生活。妈在农村生活了将近一辈子，已经习惯了，自由自在，随心所欲。本来，妈是不太愿意麻烦大哥的，但爸去世了，二弟在家里农事忙，无法照顾老人，小弟又长年在外打工，妈只好到城里来了。

　　初到城里，大哥是租房子给妈住的，说是担心妈自由自在习惯了，跟年轻人住在一起不舒服。而且城里人的规矩多，比如进门要换上拖鞋，饭前便后要洗手，等等，大哥是担心妈不习惯这些。

　　二弟却怀疑了：大哥并不是担心妈不习惯，而是嫌弃老人。

　　后来，大哥觉得这样照顾妈的生活起居很不方便，就把妈接到家里住了。

　　大哥对妈的照顾细心周到。让妈自己住一间房，把妈的房间弄得干干净净，经常帮她开门开窗保持房间的通风透光。妈已经将近八十岁了，头发全白了，耳朵也聋了，大哥跟妈说话，大声，但语调温和，不像别人那样声音洪亮但却像吵架，语气像冬天的铁板一样，生硬冰冷。

　　妈虽然老了，但一些简单的家务事如洗碗、择菜等还是可以帮忙的，可大哥从不让妈插手，特别是煮饭炒菜，妈想靠近都不得。不管是谁做饭炒菜，都不让妈参与。别的人做饭炒菜，大哥还不一定放心，何况是妈这样的老人？等做好了饭菜，大哥就动手帮妈把碗筷洗干净，帮妈盛饭。吃饭的时候，老人总是不主动夹菜，大哥就主动帮妈夹菜，有时也叫孩子们帮老人夹菜，顺便教育孩子要孝敬老人。

　　大哥家里，每个人都有自己专门的饭碗，妈也不例外。只是菜还是大盘菜，全家都吃同一个菜盘里的菜。

后来二弟又发现，每次吃饭，妈自己吃她的菜盘里的菜，大哥把每一种菜匀出来一点儿，单独做一小盘给妈，就像快餐店里自选快餐。二弟问为什么这样？大哥说，妈的口腔溃疡已经两个多月了还没好，她怕传染，就要求自己单独一个菜盘。

　　一家人，一起吃饭，为什么把妈的菜分出来，太特殊了吧？也太不正常了吧？面对二弟的质疑，大哥心里也不舒坦。

　　后来，卫生健康部门的专家向全社会倡议，要求人民群众养成良好的居家生活的卫生习惯，多通风，勤洗手，用餐实行分餐制，使用公筷，等等。有了这样的倡议，大哥心里的不安才稍稍改善一些。

　　妈年纪大，牙齿已经掉了一半，没掉的也不太利索了。每天的菜，特别是肉类，要买什么，大哥都得费一番心思。每天晚餐，大哥一定单独给妈做一份她能嚼得了的肉菜，要么炖鸡肉，要么煲骨头，要么蒸扣肉，保证三天不重样。

　　反正，大哥他们是不跟妈同吃一盘菜的。一次，大哥分给妈的菜多了些，妈怕吃不完，就夹起一些给大哥，大哥连忙用手挡着，硬是不让妈把菜夹过来，说，行了，不要夹来夹去的，吃不完就放着吧！

　　老人牙齿不好，一顿饭，妈吃得很慢很慢，小孩子吃完饭就去玩，饿了，回来又要吃第二餐，妈还没吃完。

　　姨妈生日那天，表哥在家里给姨妈办生日宴，很多亲戚都来给姨妈贺寿。大哥去帮忙做菜。几桌人吃饭，喝酒猜码，聊天拉家常，很是热闹。可当客人们酒足饭饱离开饭桌的时候，却发现妈面对满桌的残羹冷炙而无菜可吃。二弟说，刚才忘了给妈单独弄一份菜了。

帮扶联系人

摊上这么个帮扶对象，真让陆明华哭笑不得。问他上次特色产业以奖代补的钱得了没有？他说不知道，好像银行卡有一千多块钱入账。

陆明华说，才一千块钱肯定不对，你家十亩新种甘蔗，每亩补助五百块钱，应该是五千块钱的补助。这一千多块钱应该是其他补助。

他说："那我就不知道啦。"

你到底把申请材料交上去了没有？

他说："交了。"

那你爸你妈的养老金和你弟的残疾人生活补助得了吗？

我也不知道。

这个帮扶对象真让人头疼！要不是陆明华脾气好，这个人肯定挨骂。怎么能不知道呢？他是户主，掌管全家五个人的生产生活，连自己家底都不知道吗？不可能！

同事小张说，这个贫困户对自家的收入情况一问三不知，真的是太让人无奈了。

陆明华笑了笑说，这种情况我们应该理解，毕竟一个农村人，没读过多少书。他记不住他享受了什么待遇，情有可原。要是我们跟他说的政策他都记得住，他那么聪明，也许就不用我们帮扶了！

陆明华只好去找相关部门了。

在镇扶贫工作站，负责以奖代补审核的姑娘给陆明华查了档案，没有陆明华要找的扶贫对象的申请材料。

他根本没把申请材料交来。陆明华这么想。可是他银行卡里有一千多块钱收入，是哪一项补助呢？陆明华要弄清楚，这样才有针对性地去帮扶。

来到镇民政办，陆明华对两位工作人员说："我是岜那村贫困户甘子祥的帮扶联系人。想核查一下这个贫困户在民政方面的补贴到位了没有？"

一个姑娘在电脑上查了一会儿，说："有了，有一个残疾人的两项补助，每项50元，每月共100元，年初到本月都已到位。还有两个人的农村养老金每月每人122元，每月共244元，年初到现在已经到位。有一个残疾人的低保金，每月205元，这两个月没到位。"

"这就对了。那麻烦你把这个资料打印出来给我一下，我好跟他说说，行吗？"

这时，旁边的一位姑娘抢过话头说："凭什么打印给你？你是什么人哪？能随便打印资料给你的吗？"

陆明华一脸惊讶："刚才我不是告诉你们了吗？我是农业局的，是岜那村贫困户的帮扶联系人。"

"那你要证明你是什么人才行啊！万一你不怀好意，用这些资料做什么坏事呢？"

"坏人也来扶贫哪？不可能吧？"

"谁知道你是坏人还是好人？"

陆明华一时语塞，忽然想起韦副镇长是岜那村的包村领导，说："我认识韦副镇长，他是包村领导，我打电话给他。"

陆明华拿出手机要打电话，可在手机里却找不到韦副镇长的电话号码，心里很焦急。"你们能不能告诉我韦副镇长的手机号码呢？"

"你说认识韦副镇长，却不知道他的手机号码，这就不对了吧？"

"我去他办公室找他吧。"说着正要转身出门。这时进来一位四十多岁，脸色黝黑的女人。陆明华见了她，说："哦，我跟她打过交道，她知道我是帮扶联系人，可以证明！"

于是，陆明华又把他的情况和要求跟这位中年女人说了一遍。中年女人说："你把帮扶手册拿来给我看看。"

陆明华拿来帮扶手册递给中年女人。中年女人漫不经心地翻看，之后，脸色多云转阴，对陆明华说："哟！你这个领导蛮大的哦！这两个月的低保补助没有填写，特色产业以奖代补也没有填。"

顿时，陆明华满脸通红，但却平静地说："刚才这位小姑娘说这两个月的低保金还没拨给，我怎么填？特色产业以奖代补申请材料整好了，他还没交上来呢。"

自己做了十多年的农村工作，积累不少的经验，现在却被这个女人这么挖苦，陆明华真是气极了！但他强忍着。他不知道这个女人为什么这么对待他，也不知道这个女人的来历，他不想跟她有冲突！他尽量控制自己的情绪，语气尽量平和一些。

陆明华想，这个女人不帮他证明他的身份，如果不找到韦副镇长，可能就拿不到这些资料了。

转身正要出门，镇长进来了。看到陆明华，镇长说："哎哟！您下来指导工作也不打个招呼！接待不周，不好意思哦！"接着向工作人员介绍，"这是农业局的陆明华同志，农业局挂点联系岜那村，陆同志是岜那村几个贫困户帮扶联系人。你们要热情地做好服务哦！"

陆明华笑呵呵地说："是想跟她们核实一下贫困户的各项补助拨到农户账上了没有。"

有了镇长的证明，刚才的小姑娘才敢打印那些资料，并交给了陆明华。

这里有个姑娘叫小芳

星期天下午一点钟,我们几个被派到乡镇扶贫的哥儿们姐儿们相约在星期天茶室喝茶聊天。人是闲着的,可微信却忙忙碌碌,其中微信朋友圈里几条发上来,让我们的心情陡生伤感。

小米发了一条朋友圈:可能是扶贫工作舍不得小芳,所以最近我们总是在加班!

一个同事马上发了一条评论:如何改变这种不断加班的状况呢?

小芳跟着回复:好好珍惜和你们加班的日子……

正专心致志看着手机的杨林说:"哎!小米、小芳他们还在加班哦!"

梅姐说:"这太正常了,加班是他们的常规工作,不加班就不正常了,不加班他们还真不知道干什么呢?他们都差不多与世隔绝了。"

何毅说:"他们也太辛苦了,特别是那个小芳,还不是正式职工呢,但她做事情比正式员工还正式,没见她喊过一声累,平时她总是乐呵呵的,一边做事一边哼着小曲子,每次去她办公室,总能听到她的说笑声,感觉她就像一只快乐的小鸟,大家都很喜欢她。"

前年十月,小芳应聘到镇扶贫工作站做信息员。这个工作是多么的辛苦劳累,可小芳一干就是两年。原本想有个相对稳定的每天上班下班的工作后借机考个公职,可没想到,由于工作忙,去年的几次公职人员招聘考试都没能考上,连面试都没能入围。但是,她仍然是快快乐乐地做她应该做的事情。

今年的公职人员招考,她考得很好,以该职位笔试第一名的成绩入围面试。

"小芳你不去参加面试培训吗?还是参加培训稳妥些。"大家都这么劝她。

"现在实在是太忙了,等下一段时间工作稍微宽松一点儿再去。"

小米说:"小芳伶牙俐齿的,笔试又是第一名,面试应该不用担心的!"

面试过后第二天上班,见到小芳,她一脸平静,默默地做事。她坐在电脑前,两只手麻利地敲打着键盘,把信息资料录入电脑。她不说话,也没有了说笑声。

我们都以为她在忙。有人关心地问她:"面试情况怎么样?"

"没考过。"小芳的回答简短、平静,语气里略带有一点儿遗憾。

后来,小米告诉我们,小芳临近面试的前一个星期去参加培训了,全封闭训练,四天四晚,面试得分也蛮高了,80 分哦!可没想到笔试的第二名逆袭成功,总分超过小芳 0.3 分。多可惜呀!

下午去扶贫站交材料的时候,梅姐对小芳说:"这次没考上,下次多加把劲,反正你还年轻,别气馁,吉人自有天相,你那么勤奋,上天不会辜负你的!"

日子在人们的忙碌中不知不觉过去了,时间也冲淡了小芳心中的遗憾。这次面试没考过,小芳心里有遗憾,但她并不以为这是一次失败。她一如既往。不久,欢声笑语又回到了扶贫工作站。每天上班、下班、加班,虽然还是忙,虽然辛苦劳累,但却很充实。

"哎!你们注意到小芳的回复了吗?她说:'好好珍惜和你们加班的日子……'是不是她不干了?她要离开我们了?"何毅突然一惊一乍地叫起来。

杨林说:"有这个可能。扶贫工作确实太辛苦了。小芳又那么老实,老实做事的人总是最辛苦的。这次公考没考上,也许她要辞职回去认真复习,准备下次再考吧!"

何毅说:"要是我,早就辞职不干了。"

这时,我的心里有一种说不出的滋味。小芳啊小芳,你真的要离开我们吗?你要去哪里呢?为什么不早告诉我们一声呢?你真舍得离我们而去吗?

"唉!小芳的这句话真是太让人伤感了……"梅姐这么一说,大家都不再言语,一种离愁别绪笼罩在茶室里的每一个人心中。

星期一上午,我们到扶贫站去取一些材料。刚进门,小芳走出来,匆匆忙忙的,好像有什么急事。她的脸上洋溢着笑意,脑后的马尾辫左右摇摆,走路的步子轻快,整个人充满了青春活力。见到我们,她笑嘻嘻地说:"周姐,告诉你个好消息,这次公考我考上了,我报考单位的领导今天来考查……"

"哦?考上啦?祝贺你呀!"

我很惊讶:"不是说面试没考上吗?"

听到这个消息,大家都感到惊讶!梅姐说:"我都说了,吉人自有天相嘛,功夫不负有心人的!上天是不会让她失望的!"

还是小米给我们揭开了秘密:原来逆袭上去的那个考生体检不合格,小芳就递补上去了。

一夜暴风雨

"呜哗——呜哗——"楼外的风一阵比一阵猛烈地横扫过球场，压得周边的花草树木抬不起头来。可不管风怎样的肆虐，灰黑沉重的夜色还是浓重地笼罩下来。

临近天黑的时候，就得到通知，台风"山竹"中午在东南沿海登陆，中心风力十三级，预计今晚将袭击本地区，驻村的工作人员要立即下村到岗。各挂点联系村的后盾单位也要派人下村发动群众防灾救灾。

今天是星期天哦！

风，一阵紧似一阵。外面不时传来树枝被风刮断的咔嚓声和对面楼上没有关实的玻璃窗被风撞碎的声音。

局长对我说，打个电话给小骆吧。

"小骆，你现在在村里吗？"

"在呀！"

"村委会的几个都在吧？"

"不在。他们都分散回各屯去了。"

我们顶着狂风开车到三十公里外的镇上，又在十多公里的山路上颠簸了一个多小时，才到了岜陇村委会。

村委会那栋两层的楼房坐落在一个山坡上，楼前有一个篮球场。四周没有民房，那栋楼似乎孤零零的。这个时候除了漆黑，最热闹的就是风声了。

下车的时候，风变小了，估计大雨就要下来了。

小骆不在。

是不是他根本就没有下来呢？这种时候他不到村里来，躲在城里能安心吗？

打个电话给小骆吧！

拨打小骆的手机号码，只听到嘟的一声，手机就自动沉默了。山区的村里没有信号？狂风把信号吹跑啦？

再打，还是这样。

或者，他已经去了哪个屯，进了农户家吧？

打个电话给村主任吧。

也是很短促的嘟的一声，没有了。这么个鬼地方！台风来了，就停电了。

站在二楼走廊上，看见对面的半山坡上有两三点昏黄的灯光透出来，才知道对面山坡上也是一个屯。接着又看见一点白光在黑暗中移动，时隐时现。

"呜哗——"一阵狂风刮过，紧接着，沙沙沙的声音从远处传来。是大雨来了。不到一分钟，大雨就劈头盖脸地罩住了整个山村大地。

本来我们也要进村入户的，可雨哗啦啦的越下越大，我们对此无可奈何。防御台风灾害的任务已经布置到各村屯了。我们似乎心安理得，躲在村委会那栋楼的楼梯间，坐在阶梯上聊天。

这个村有九个自然屯零零散散分布在山山岭岭之间，全村六百多户两千五百多人，山多地少，村屯里不少的青壮年已经外出打工，不少家里只有留守老人和儿童，进村入户工作没有轻松的，也马虎不得。暴风雨来袭，最担心的就是危房户的住房问题，还有就是山体滑坡冲毁民房，再就是山洪暴发了，所以，这种时候小骆和村屯干部肩上的担子很重哦！

我们天南地北地聊，几乎把所有的话题都聊完了，大雨却没有停下来的意思。黑夜里，天地间，现在，到处都是水的世界，楼前楼后的水沟，全都是哗啦啦的水流声。

雨还在下，只是比刚才小了点，还时不时有风夹着雨扑面吹过来，感觉有点冷。人也困了。

"我们的家乡，在希望的田野上——"办公室周主任的手机铃声突然响起。有手机信号了？

是小骆的爱人打来的，说小骆一直联系不上，她心里很焦急，担心小骆出了什么意外！

周主任安慰小骆爱人说，放心吧！小骆好好的！可周主任却不知道小骆是不是真的好好的，自己心里不安起来。

再打小骆电话吧！

还是短短的嘟的一声。

打村主任的电话吧！也是一样。

打各村民组组长的电话！可谁也没有村民组组长们的电话号码。

"哎呀！今晚我左眼的眼皮老是跳个不停哦，该不会有什么事吧？"周主任声音有点儿沙哑地说。

"喂，别胡说！你整晚不得睡，疲劳过度而已啦！"

"我是担心小骆！"

雨幕中，一个黑影从坡下往村委这边移动。

应该是小骆回来了！大家马上精神起来。

黑影到了楼下，闪进楼梯口，脱下雨衣。不是小骆，是村主任。

"以为是小骆呢！打你和小骆的电话都不通，怎么回事？"

"唉！山区里信号不好，有的屯根本就没有信号！我的手机在北坡屯落水了。"

"小骆呢？"

"下雨前，我和他在那岭屯把住在低洼地的人都请到岭顶的人家去合住了，从那岭出来我和他就分手了。"

"打电话给各组长，了解一下目前情况，问小骆在哪里。"

五个屯报告，危房倒塌共有八间，多在东岭屯，有一个屯有山体滑坡，所有的山沟都涨满了水，有两个屯已经不通路。无人员伤亡。还有四个屯联系不上。小骆也不知道在哪里。

这个村的各屯之间，山高路远，坡陡沟深，这几年虽然开通了屯级道路，但这一夜暴风雨，又是滑坡、山洪的，想想都叫人担心！

这时，有两个人一前一后从楼的旁边拐了进来，虽然都穿着雨衣水鞋，但跟没穿似的，全身上下都湿透了。

两人脱下雨衣。哦！是小骆和那淘屯的组长。

那淘屯的组长说，小骆要回村委会，我不放心，怕路上有什么危险，就送他回来了。

迎 检

骆左州从梦中醒来，已经是凌晨三点钟。

从卫生间出来，躺回到床上，就再也睡不着了。困倦像夜精灵一样倏地不见了，无影无踪。房子里静静的，只有老婆睡熟时轻轻的呼吸声。

窗外，是一丛丛幽幽的黑色，那是小区里的绿化树在那里一动不动地守着这安静的夜。对面那栋四个单元的楼房里，上百套房子也全是黑暗的，这个时候还有谁不是在梦中？只有楼房边小区路口的路灯发出清冷孤独的光。

骆左州干脆起来，披一件外套站在窗前。他想，站累了也许能再睡得着，能睡一小觉到天亮，正常七点钟起床，八点钟准时去上班。

越来越接近年底了，各种各样的检查、考评开始来了。只是按照常规，也许不用下发通知。天亮就是星期一，有一项迎检工作要准备，就是迎接市里的精准扶贫工作进展情况检查。好在还预先得到通知，只是不知哪天检查组到单位来检查，也许就是今天，也许是星期二，也许是星期三。想到这，骆左州就心跳加快，好像真的天一亮检查组就要来检查，而迎检工作一点儿都还没有准备好似的。他没有一点儿睡意。

单位领导对迎检工作非常重视，从各股室分别抽一个最熟悉本股室业务的同志组成迎检工作组，由办公室主任骆左州组织开展迎检工作。

对某一项工作着急，是骆左州二十多年来的一贯的心情。负责任的态度在骆左州的全身心深深地扎了根，化成了血液，深入到骨髓，成了骆左州的思想行为习惯，而他自己却不知道。因为着急，所以就睡不着。谁叫你是办公室主任？骆左州望着窗外灰黑的夜自言自语。

是呀，市局机关二十个人，四个领导十一个干部。每个股室两三个人，办公室还聘请两个编外人员。业务多,工作繁重,加班加点是常事。

家事国事天下事,公事私事万千事,一觉醒来,偏偏就想到扶贫迎检这件事。骆左州原先是这个单位的副局长,去年换届时退居二线任非领导职务。他没当领导之前是一个乡镇的党政办公室主任,后来被提为副镇长,再后来就从乡镇调到这里当副局长,还是分管办公室工作。由于熟悉办公室业务,退居二线后,局里还是任命他为办公室主任,管理手下二加二共四个兵。每天收文发文,上情下达,下情上传,在上下级之间架起了通达的桥梁,密切了党群干群关系。办公室的工作相当繁重,而骆左州事必躬亲,的确辛苦。有时他也想推脱:我当领导,这些工作是我做;我不当领导,这些工作仍然是我做。但是,诚实的人骨子里就有一种责任感,他也已经习惯了那种负责任的工作状态,最后还是老老实实把工作做了。

天一亮,骆左州就来到办公室。拿出督查通知,对照通知上列出的督查内容,一项一项核实,哪一项工作完成了,哪一项没有完成。完成了的工作有书面材料做佐证了没有,没完成的工作如何补做,同时补充书面材料备检。骆左州对此都一一过脑入心。

骆左州曾当过乡镇党政办公室主任,长期做办公室工作,对迎检工作非常熟悉。这些迎检工作他在当领导时也一直在做,以至形成了习惯。因为骆左州已经习惯了,如果准备工作做得不好,他心里总是不踏实。

写总结,写领导汇报讲话稿,整理台账,编制台账目录,材料归档,拿一些材料到贫困村去给他们确认签字,等等,骆左州和办公室科员小张、干事小李,忙了一整天,连中午都没有回家。骆左州和同事们累得像头牛,脸上没了光彩,头昏脑涨。忙,辛苦一点,都不要紧,只要检查能过关,收获成果,就OK了。

还好,上班第一天,平安无事。

星期二上午,天阴沉沉的,好像要下雨。办公室里开着灯,骆左州正在审阅领导的汇报讲话稿,小张在打印台账目录,小李正核对材料准备情况,忽然,办公室的电话响了起来,小张一看来电显示,说是扶贫办的,检查组应该快到了。

骆左州接了电话。扶贫办的人说,抽样没抽到你们单位,检查组不来了。

莫二福的烦心事

莫二福这阵子特别心烦。

莫二福是常乐镇吉到村的一个农民,是一个离开村子便谁也不认识的普通得不能再普通的平头百姓,只不过他家是已经脱贫了的贫困户。

特色产业以奖代补名单公示上午才贴出来,下午就有人反映到扶贫办,说莫二福家有一栋一百多平方米的楼房,家具家电一应俱全,坐的是真皮沙发,这样的家庭条件还是贫困户,还得到扶贫资金补助?

莫二福家的生活条件看起来似乎不错,一栋两层半的楼房,外墙用不同颜色的涂料刷出各种不同的图案,整栋楼看起来色彩鲜艳,给人一种"这户人家很富有"的感觉。驻村第一书记小李和队员小凌每天进村入户,走到哪里,就经常有人问:我家那么困难怎么不能当贫困户呢?有些人家很富有,却当上了贫困户,种甘蔗、养鸡养猪都有补贴,这太不公平了!每当有人提起这些问题,小李和小凌又得进行一番的扶贫政策宣传。即使小李和小凌解释得很明白了,但村民们还是将信将疑,好像小李小凌专门用国家政策哄他们似的。

当有关部门派一个工作组来到村里找到莫二福时,这个出门最远都没到过县城的农民害怕得身子瑟瑟发抖,说话语无伦次,甚至答非所问。

调查组离开之后,村里便热闹了起来。大家议论纷纷。"二福他被调查了。""他家那么有钱,还当贫困户。""二福犯法了。"弄得莫二福与其他村民迎面相逢时都不敢抬头,低着头就走了过去。

调查结果第二天就公布了。有关部门出面公开回应村民的质疑:莫二福家确实有一栋一百多平方米的楼房,那是前几年贫困户危房改造时就建起来的,那时才建一层七十平方米,脱贫之后才加建一层半的。一应俱全的家具家电全都是二手货，是去年城里的亲戚入新居弃之不用赠送的，特别是真皮沙发，已经磨损陈旧了。

现在莫二福家已经脱贫了，脱贫资金补助早已没有向他家发放了。

群众的议论开始慢慢平息下来。

莫二福两口子仍然是早出晚归，辛勤劳作。

对于有关部门公布的调查结果，还是有部分村民不太接受得了。还有些村民议论：听说他女儿在天津一个大企业务工，每月工资一万多元。儿子去年大学毕业去深圳打工，一个月将近一万元。第一书记进村入户时，也还有群众问这问那：听说凡是贫困户的都得享受低保吗？二福家的两个孩子在省外打工，工资那么高，还得享受低保吗？

莫二福脱贫致富之后，村里就有人眼红了，看他不顺眼了，这让莫二福非常烦恼。只是他是一个脱贫户，也不敢跟那些村民争辩。当初他家还住在危房里，两口子每天辛苦劳累努力挣钱供一双儿女读大学时，那些村民看不起他，他很自卑。在村里，莫二福跟村民们来往不多，长年累月日出而作，日落而息。

临近春节的时候，莫二福的儿子回来了。他是开着小汽车回来的，锃亮的银白色小汽车停在那栋色彩艳丽的楼房前，十分耀眼。村子里一下子又热闹起来，大家又议论纷纷，还有人偷偷把这楼房和小汽车拍照发到网上，发到朋友圈，图上标注："这是贫困户吗？"

一时间，网上网下议论哗然。

还有人说，二福家在城里买了房，总价八十多万元。

有人就这些事情问莫二福，而莫二福却不敢说是或者不是，哼哼哈哈就敷衍过去了。

有关部门不得不再次调查核实。

结果是，情况属实。

莫二福依旧是无话可说，事实就摆在那里，谁叫你的儿女工作才两三年就买房买车了呢？当初莫二福一家确实是贫困的，全家五口人，父亲年事已高，已丧失劳动能力，妻子体弱多病，一双儿女在读大学。要不是扶贫政策的支持，恐怕儿子和女儿都无法读完大学。现在富起来了，却惹来了麻烦事，他心里很难过。因为他的儿女买房买车是在脱贫之后的事情，并无不当之处。当了几年的贫困户，莫二福也没有享受过低保。只是村民们不知道情况而已。

还是有关部门公布了具体的调查结果，向公众解释有关情况，并说明了有关政策，公众的议论才平息下来。

至此，压在莫二福身上的压力才最终卸掉。

年度考核记

今年的扶贫成效考核仍以抽样的方式进行。

七点零六分了，还没有抽签结果公布，李志成在"扶贫攻坚兄弟群"里发了一条微信："今天暂不抽签，让大家再熬几天。"并发上四个哈哈大笑的表情。微信刚发出去，"江东镇精准扶贫工作群"里立即闪出一条微信："抽样村：江东镇那南村。"窝在暖被里的李志成原本微笑着的脸瞬间僵住。

那么重大的事情突然降临到李志成工作的村里，降临到李志成头上，李志成心里立即紧张起来。暗想：玩笑开大了。今天扶贫成效年度考核抽样村抽中那南村，也就是说，今天，那南村接受扶贫工作成效考核。再过一个钟头，考核组的人员就将进驻那南村。

李志成翻身起床。

他来到村委办公室，看到办公桌上码放得整整齐齐的迎检材料，心里反而平静了下来。"咳！紧张它干什么呢？都准备得那么好了。"这样一想，李志成轻轻地笑了。

七点四十五分，两辆小车驶入村委会，邱副镇长带领迎检指导组率先来到。

"李书记，迎检的工作都安排好了没有？"

"请邱副镇长再审核一下，看还有什么没做到的地方，可以马上补救。"

村委办公室、党群服务中心大厅里，人们忙碌起来。

其实，李志成及那南村的扶贫工作队已经做了很充分的准备。李志成到那南村任第一书记成立扶贫工作队驻村工作已经三年了。镇上的、县里的检查考核倒是经历了不少，接受省级、国级大考，这是第一次。第一次接受这么高级别的考核，心情不紧张，那是不可能的，只是平时工作扎实细致，迎检准备充分，紧张的程度就会相应降低而已。

八点刚过，四五辆轿车和小客车鱼贯而入。村委大院里更加热闹了。

陪同考核组来的县领导与邱副镇长对接之后，考核组分九个组在带路人和镇上派的联络员的引导下，分别进入农户家进行脱贫成效现场核验。

"甘总，你也想一想，今年我们的工作还有哪些没做到的地方，有可能被考核组扣分的。"李书记对村总支部书记说。

"我觉得我们做得很好了，还能有什么问题呢？"

"是呀！不过，为了万无一失，还是再梳理一遍吧！"

那南村七百三十三户二千六百五十多人，有一百二十三户贫困户。今年，李志成和村支书又走访了所有贫困户，平均每户走访两次以上，对这些贫困户的情况了如指掌。

一百二十三户贫困户都有耕地，多的二十多亩，少的也有两三亩，致贫的原因，有的因残因病，有的耕地少，有的因学，有的缺技术。虽然原因各不相同，但贫困的特征都是一样的，就是收入少，没有钱。没有钱，一切都无从谈起。对于贫困户来说，钱真是万能的。

一年来，李书记和帮扶人配合默契，想方设法让贫困户有钱。他大力发动贫困户种甘蔗两千多亩，帮助贫困户申请产业发展奖补资金。又请来农技人员在村里开办了三期的种养技术培训。联系市经济产业园区的企业，帮助联系工作岗位，鼓励一百多名贫困村民到企业务工。

农民有田地、有产业、有工作做，就有收入。有了钱，就什么都可以解决了。

今年最后九户进行了危房改造，所有的贫困户和非贫困户都有了稳固住房。

李志成像放录像一样在心里把今年的工作梳理了一遍，觉得好像没有什么没做到的地方让考核组扣分了，心里暗暗感到满意。

"扶贫攻坚兄弟群"里不断有微信传来："那南村的扶贫工作做得好，应该顺利通过考核的。""兄弟，加油！""李书记迎检准备充分，考核无忧！"

这时，有联络员反馈：丰岭屯的贫困户甘志高还住危房，考核组已拍照佐证。陇内屯苏忠杰一户人口信息不对。大冠屯黄宝康一户的扶贫小额贷款用于日常生活而非生产经营。

不良的信息传来，李志成着实被吓得惊慌失措。特别是贫困户住危房这点，更让李志成震惊。贫困户还住危房，"两不愁三保障"还没实现，何以脱贫？邱副镇长问李志成："这一户不是危房改造了吗？这是怎么回事呢？"

"是呀，前几天他们已经搬到新房里了呀！"

"问题是现在危房里面还有床，还有人睡在里面啊。而且考核组入户核验的时候，女主人还在里面切菜喂鸡。"

李志成无言以对。

这一年，李志成和扶贫工作队的同志们做了大量的细致的工作，自以为事情做得很完美，信心倍增，可没想到还有问题出现。

贫困户住危房，这是一个严重的问题，是扶贫成效考核扣分很多的一个项目。

听到这个消息，县长立马赶到那南村，把在村里坐镇指挥的镇党政领导狠狠地训了一顿。

斧头砸凿凿凿木，回头被追究责任被严肃处理非李志成莫属了。

这一个下午，李志成都是板着脸孔，再也不多说话。考核检查结束了，可李志成的心情一直没有好转。

第二天中午十一点，李志成和甘总在收拾整理考核组翻阅核查过的堆放凌乱不堪的资料，两个人都不多说话，默默地做事情。突然，手机铃声响起，是镇长打来的电话。他告诉李志成："昨天的扶贫成效考核情况，考核组已经反馈回来了，总体情况良好，扣分不多，得分较高，这说明我们的工作做得不错，希望大家以后继续努力。"

李志成和甘总的脸上露出了笑容。

收废旧物品的女人

美勤驾驶电动三轮车来到正高家居建材市场公共广告牌前，发现她留在公告栏上的回收废旧物品的联系电话被擦掉了，而且擦得一干二净。

谁干的好事呢？这是公共广告牌，谁都可以使用的，只要你不妨碍别人。这个电话到底妨碍了谁？物业管理公司的人不可能闲得无聊来做这种事吧？

难怪这一周来，叫她上门收废旧物品的电话少得可怜。

问大门口的保安，他说不知道。

没有预约电话，今天这里无物可收。

掉头转到新民路百家惠超市附近，那里的公共广告牌上留的联系电话也被擦掉了，取而代之的是别的广告覆盖住了那小小的版面。

这是怎么回事呢？

回想做这个行当五六年来的各种事情，被人擦掉联系电话这种事还是第一次。美勤自信没有得罪过谁。

五年多来，美勤勤勤恳恳地每天驾着三轮车走街串巷上门回收旧书报、废铜烂铁、啤酒瓶塑料瓶等废旧物品，再卖给专业的收购站，赚取差价。她为人老实，回收价格合理，而且诚信交易，所以，很多店铺的老板都喜欢把废旧物品卖给她，甚至少量的就直接让她拿走了。这几年来，她与很多个体工商户建立了良好的供求关系，但凡有货，都打电话叫她来拿。因此，她每年的收入不菲。

近几个月来，市场很旺盛，美勤每天收货到晚上七点多钟才收工回家，每天的纯收入都在三百元以上。因为这样，她也很累，但她脸上却时时洋溢着笑。

美勤忽然觉得，近来每天的收入高了，有些人就眼红了。总之，好收入并不全是好事情。

第二天一大早，美勤应约去正高家居建材市场的宏盛家具店收一堆包装纸箱，走到离广告牌几百米的地方时，她突然发现一个熟悉的身影，一闪就不见了，是她的同族嫂子。走到广告牌前一看，昨天刚写上去的联系电话又不见了。美勤一下子明白了。

五六年前，美勤刚做回收废旧物品这个生计，不懂行，不熟悉门道，是这个同族嫂子引路，叫她合伙干这个事的。后来，嫂子见她太老实、太直率，就叫她自己收，妯娌各自单干了。

家具店的老板说，拆下来的包装箱已经放了两天，原来你留在广告牌上的电话号码不见了，昨晚看到重新写上去的联系电话才找到你的。

美勤说："有人眼红了，看到我有那么多固定货源，就把我的联系电话擦掉了。"

"知道是谁干的吗？你修理他一下呀。"

美勤叹了一口气，说："算了。"

美勤把她的发现告诉了她的二姐，二姐很生气，说："你也去把她留在各处的联系电话擦掉哇，这种人坚决不要放过她。"只有美勤的丈夫一言不发，毕竟是堂大嫂，手心手背都是肉，他能说什么呢。

知道这件事的亲戚朋友个个都怂恿美勤，要教训教训这个吃里爬外的嫂子，有的还自告奋勇说由他去修理她。美勤说："你们就不要管这事了，我自有办法对付她。"

后来，大家却发现堂嫂子经常在正高家居建材市场那里收废旧物品，包装纸箱、旧家电等，每天，一车车旧货从那里出来，被拉到收购站，堂嫂子都成了那里的常客了，却很少看到美勤的身影。大家都认为堂嫂子已经成功抢走了美勤的生意。

美勤的二姐气不过，就跑到正高市场那里去问那些经营家居建材的个体户，为什么把废旧货物卖给那个女人。那些个体户说，是美勤让他们把这些废旧货物卖给她的。

二姐回头问美勤："为什么那么傻，把好好的生意让给别人。"美勤说："相信我而且愿意把废旧物品卖给我的个体户太多了，我收不了那么多，就让给她了。冤冤相报何时了？毕竟她是我做这个事赚钱的引路人。这也是我对付她的最好办法。"

值 班

洪水已超警戒水位两米多，还有不到两米，洪水就要漫过河堤涌进街道。

整栋办公大楼只有一间办公室开着灯，办公室副主任何洁和镇农业助理黄振方在值班，今晚的值班领导是李忠诚副镇长。

连续下了几天的大雨，河水猛涨。今天中午时，天空放晴，艳阳高照。可是，傍晚的时候，上级防汛指挥部通知，由于上游地区这两天连降暴雨，洪水暴涨，今晚将有洪峰过境本县。防汛指挥部要求沿河各乡镇做好防洪救灾准备工作，及时动员低洼地带的群众转移到高处；做好值班，监测水情，及时上报信息。

天黑的时候，何副主任已经通知全镇干部职工做好应急准备，一旦水情紧急，立即动员低洼地带群众撤离。

"大家不必紧张，宁州县离我们县城九十多公里，县城到我们这里有四十多公里，总共有一百三十多公里，现在洪峰不知有多大，洪峰来到这里，水流或可能有所分散，力量就大大减弱，到时不会对我们沿河村屯造成影响。"

何洁说："李副镇长分析得很对，我们不用担心的！"说完转头瞄了一下李副镇长，看见李副镇长微微点了一下头，何洁的脸上立即挂上了得意的神情。

李副镇长是水利工程专业毕业的大学生，参加工作二十年，积累了丰富经验，他说的这种情况大概是有科学依据的。

晚上十一点多钟，办公室电话响了起来。何洁拿起话筒接听，话筒里传来严厉的男中音："是绿江镇吗？今晚谁值班？"

"是我，何洁，还有黄振方。"

"值班领导是谁？"

"李忠诚副镇长。"

"他在你旁边吗？让他接电话。"

"刚才还在，现在不在这里。他刚出去一会儿。"

"去哪里啦？"

何洁不知道李副镇长去了哪里，一时也不知道如何回答，顿了一下，随即对着话筒说："可能上厕所去了吧？"接着态度很谦和地向话筒里的人解释，"刚才他还在这里看报纸，跟我们聊天到十一点钟。可能上厕所去了。等下他来了我们让他打电话过去吧！"

挂了电话，何洁急忙跑到楼上去，看见副镇长办公室亮着灯，门关着，人不在。何洁估计李忠诚回家睡觉去了，他家就在办公楼对面。

何洁回到办公室拨打李忠诚的手机，但是没人接。难道李副镇长睡得那么快？而且睡得那么死？

李忠诚关于洪峰来到威力已经消失的判断，让何洁更相信李忠诚一定是回家睡觉了。李忠诚这种工作作风实在不好，如果刚才电话查岗的领导知道李忠诚在防汛值班中不认真履职，擅自离岗回家睡觉的情况，李忠诚不被免职也会被严重警告的。

何洁立即飞奔到职工住宅楼，敲开李忠诚的家门，李嫂说他去值班了一直没回家。

何洁往办公室返回，看见办公楼前停着一辆越野车，车门上的"崇江公务"特别显眼。有三个人已经走进二楼亮灯的办公室。何洁急忙上楼，走进办公室，黄振方正招呼这几个人。其中一个领导模样的人介绍说他们是防汛抗旱指挥部的，下来督查防汛工作情况，视察水情，刚才已经打电话过来，请值班领导来一下。

看见何洁来到，黄振方急忙把这几个人转交给何洁接待。刚才听了他们的介绍，何洁已经知道来者不善，脑子里也在疾速运转，因为值班领导一时联系不上，何洁表面上沉着冷静，其实心里非常焦急。怎么办？怎么办？李副镇长到底去哪儿啦？

正不知所措，办公室电话铃声响了起来，何洁上前拿起话筒，李忠诚的声音传过来："我现在跟镇长一起在街口的河堤上观察水情，有什么情况就打这个电话，这是镇长的手机。刚才镇长打我办公室电话叫我出来，我匆匆忙忙，手机落在办公室了！"

何洁把李忠诚和镇长正在查看水情的情况汇报给了督查组。听完汇报，督查组就离开了。

重复发放了的奖补

凉爽惬意的天气，让我美美地睡了一个午觉。下午醒来，打开手机微信，我看到了镇扶贫工作站下发的《常乐镇第一批特色产业以奖代补资金补助名单》。

仔细看那个名单，"林建国"这个名字好像很显眼，我好像在同一类文件中看到过。再看他家的产业项目是养牛两头，得到的补助资金是五千元。

我心里感到不安，他家的这个项目去年不是得过补助了吗？怎么今年又申报这个项目补助呢？真是贪得无厌！

到办公室拿出档案一查，果然，林建国家的养牛项目去年已经得过了以奖代补资金补助五千元。

我的心情骤然紧张。

按规定，同一个产业项目种类不能重复享受帮扶政策。这一下，麻烦找上门来了，作风不实，工作不认真，不负责任，造成经济损失。这顶帽子，像一个套，套到你头上，头疼。再严重一点，就是工作失职，然后搜索出平时一些做得不好的事情，联系这次的工作失误，绑定违纪的事实，严肃处理，以杀鸡儆猴。就这样，今年辛辛苦苦做的工作就白干了……

帮扶责任人也真是马虎到极致了，一个项目申请两次补助都不知道吗？难道你与林建国是亲戚，合谋骗取国家的钱？

我打电话给帮扶责任人刘忠获，把情况跟他说了。他说："不知道哦！我是今年刚接手过来的，上一年是镇上的一个干部帮扶的。以奖代补资金发放之前不是公示过了吗？怎么不见有人提意见呢？"我说："那些群众都是各家自扫门前雪，不管他人瓦上霜的，谁会去认真看公示？谁会关心哪个曾经得过了补助呢？我也是前几天偶然翻看一下去年的档案，才有他这养牛项目已经得过了补助的印象的。"

好像错怪了帮扶责任人。可是，如果上面追究下来，我们就是作风不实，审核把关不严了，是工作失职了！这个责任我们是承担不起的。

我又打电话给帮扶人。刘忠获说："算了吧！他家那么贫穷，我们睁一只眼闭一只眼，就当不知道这个事，让他多拿一点补助算了！"

我知道，林建国确实是村里最贫穷的人。他一家三口人，自己已经七十多岁了，一九四九年出生的，父母给他起名叫"建国"，十多岁时正赶上困难时期，到四十八岁时才娶了个双目失明的老婆，生下的一个儿子也身体差，劳动能力弱，因此家里十分困难。

我对刘忠获说："不行，不能这样做，这样做是违规的。"我告诉刘忠获，"这件事先不要向领导汇报，我们先自己解决。你立马去找林建国，对他说，前段时间申请的特色产业以奖代补资金已经发放了，不知道你的养牛项目的补助到账了没有，拿存折去银行核查一下。把他的存折拿到手，然后以查账为由把他带到银行，让银行柜台营业员查出这笔资金后再跟他交底，把情况讲清楚，动员他退出这笔资金。"

刘忠获在离村子几公里的山坡上找到了林建国，他正在放牛。刘忠获叫他回家，说有点儿事，扶贫的事。

林建国回到家里，刘忠获又把他带去镇上的农村商业银行。

得到刘忠获的信息，我立刻赶到银行。二十分钟后刘忠获和林建国才到。

银行柜台营业员帮打印了存折，存折上显示有扶贫款收入五千元，是今天上午刚到账的。

刘忠获把情况跟林建国说明了，林建国说："哎呀！你怎么不早说呢？看你急急忙忙把我找来，我还以为是什么事呢！我确实不记得这两头牛去年已经得过补助了，但我不会贪这笔钱的，你放心吧！我家虽然很困难，但我知道，做人要讲良心，你们扶贫，对我家帮扶不少哇！"

听他这么一说，压在我们心上的石头终于落了地。

街上有人飙车

李智板着个黑脸鼓着眼撞开公司大门,跑到街上。

看见他火冒三丈的神情和凶恶的样子,守门口的保安不敢阻拦,急忙闪到旁边,让他出去。反正拦也拦不住,他正在气头上。

他从办公室出来,一路奔跑,似乎想要在马路上狂飙。

真是太不公平了!这些人也太可恨了!

他气得咬牙切齿,上下牙齿打架,咯咯作响。

就在刚才,在会议室里,财务科科长宣布要扣他的工作补贴,每个月扣五百元,连续扣一年。

接二连三的处理决定下来,真是气死人了!简直是要把人逼到绝路上去。

四月底,公司撤销了李智的领导干部后备人选资格。五月中,公司又宣布给予李智记过处分。

太冤了!

每人几百块钱的加班补助,是从办公室的经费中节省下来的。公司那么大的规模,办公室的事务理所当然就很多,办公室的人也太辛苦了,没日没夜地干。加班补助也是办公室主任让发放的,他只是管理这些省下来的钱的小人物而已,他敢不服从主任的安排吗?怎么就拿他当替罪羊了呢?

不就是几百块钱的事吗?办公室就没有一点儿支配权吗?而对他这么个小事情,对他这么个小小的违纪,处理得那么严重。他气极了,以至于恨!

他恨那些人,恨公司里那些不分青红皂白爱处理谁就处理谁的人。

街上的人不多。迎面走来一位帅哥,看见李智嘴儿嘟,脸儿歪,气冲冲的样子。帅哥瞄了他一眼,眼光是有点压迫力。擦肩而过。瞪什么瞪?他心里这么想，接着怒气马上往上飙。他想回头追上去，给那个帅哥几巴掌。看你还嚣张到哪里去。可他个子小，他不敢，他忍了忍。

他还是恨。他攥紧拳头，像斗红了眼的公牛，似乎失去了理智。

街道两边是一棵棵高大的扁桃树，绿树成荫。对于快步往前奔走的李智，那些树阻碍了他。他也恨不得上去给它们一阵拳打脚踢。

冲到十字路口，前面红灯亮起，有几个人闯红灯。他也生气极了，怎么有人这么不遵守交通规则？

街上的树木、报刊亭、房子，好像都跟他有仇，他看着都不顺眼。

这么怒气冲冲过了十字路口，拐上花山路，人更少了。他真有点儿想狂飙起来。

他一路疾走，不小心右脚踢上凸出的街砖，一个趔趄，差点儿跌倒。他连忙提脚弯腰，脱下鞋子揉那疼痛的拇指，嘴里"哎哟""哎哟"地呻吟。

一个农民装束的中年妇女和一个两岁多的小男孩儿从李智身边走过，回头看了看李智滑稽可笑的痛苦嘴脸，慢慢地走过去了。

一阵撕心裂肺的疼痛过后，胸中的怒火已经无影无踪，他感觉到全身心无比的舒畅。

这时，后面传来大功率摩托车粗重急速的轰鸣声。有人飙车。李智这么想。听着摩托车像民航客机一样的声音，他感到舒服，飙车可以发泄内心压抑着的痛苦。

噼里啪啦一连串的声音，几只熟透了的扁桃果掉落在马路上。走在前面的小男孩儿马上飞跑到马路上去，他要捡扁桃果。这时，一辆狂飙的摩托车呜呜呜飞过来，李智一个箭步冲过去，两手提起小男孩儿，闪到马路边。"嘎——"，摩托车在离掉落扁桃果有五六米的地方突然刹车，"嘭啪啦"，摩托车瞬间倒地，在马路上划出一条长长的黑色痕迹。一个彩色头发的小青年被甩出好几米远，红头发车手的一只脚被压在摩托车下，动弹不得。小男孩被这突如其来的场面，吓得哇一声哭了出来。中年妇女也吓蒙了，两眼呆滞，脸色苍白。

马路两边走过的人纷纷聚拢过来，有的抬起那两个车轮像汽车轮一样大的摩托车，有的扶起那两个小青年，有的过来帮着哄小男孩儿，还有的看热闹。

看看人越来越多，两个飙车的小青年只受到一些擦伤，小男孩儿也被交给了中年妇女。李智悄悄走开了。

二胎计划

　　程东一直想让老婆再生一个孩子,一个能站着尿尿的孩子。

　　程东真的太想让老婆生个儿子了。因为只生一个女儿,他觉得对不起祖宗。他爷爷的父亲只生了爷爷一个,爷爷也只有他父亲一枝独苗,父亲则比爷爷的爷爷和爷爷好一点点,在生他这个儿子之前,就先后生了五个女儿,人称"五朵金花"。父亲已经尽了最大的努力了。程东是姹紫嫣红中的一点"白"。在农村,男丁才是传宗接代的人,没有男孩儿的家庭总是被人看不起的。他的祖宗代代都有男丁,怎么能在他手中就断了呢?他不服这个气。

　　为了生个儿子,有人辞职了,有人离婚另娶,可程东不敢。他辛辛苦苦努力读书,才考上大学,冲出农村,走上大城市,考取公职,光宗耀祖,怎么能把自己这么多年的努力付之东流?

　　程东陷入"两难"。

　　程东一直在想办法,寻找机会。

　　在无可奈何中,女儿九岁了,程东夫妻也将步入中年人的行列。

　　就在程东产生放弃再生一个孩子的念头的时候,中央出台了"单独二孩"政策。他高兴得不得了,以为这次可以再生一个孩子了。这次一定要想办法尽最大的努力,争取生个儿子。

　　程东找来政策文件认真一看,发现他根本不符合生第二胎的条件,因为他们夫妻两个都不是独生子女。

　　"放弃吧!"程东跟老婆这么说。

　　老婆也同意程东的想法,再生一个孩子与现在幸福美好的生活产生了冲突,怎么办?只能选择后者。

程东夫妇开始过着没有生儿子想法的生活。

在平静安然的生活和知足常乐的工作中，不知不觉，将近两年的时间过去了。这时，一对夫妻可以生育两个孩子的政策出台了，这个政策又搅动了程东夫妇本已平静的心。夫妇俩商量决定，不怕羞，生到四十九，第二胎一定要生。

说到做到，才五个多月，程东老婆的肚子就明显地凸了。

程东分别打电话给在乡下的父母和五个姐姐，把好消息告诉给他们。好消息传来的这一天，父母和五个姐姐，六个家庭，一派喜气洋洋。

怀胎六个月后的一天，程东带老婆回乡下看望父母，村里的亲戚说："阿东啊，想办法去医院做个B超检查看，要争取生个儿子……"程东笑笑，不置可否。他知道，做B超鉴定胎儿性别是违规的。

但是，程东还是希望老婆怀的是儿子。

听人家说，怀孕六个月后，如果胎动很厉害，说明怀的是男孩儿。程东问老婆："胎动很猛烈吗？"老婆说："小家伙在里面拳打脚踢呢，有时晚上都睡不好！"

程东暗暗高兴。

有人说，孕妇进家门，如果左脚先迈进门槛的，怀的是男孩儿，按男左女右来辨别。程东仔细观察了老婆进门脚步，是左脚先进门。

程东在心里笑了。

种种迹象表明，老婆怀的是男孩儿。

也许上天就不让程家的香火在程东这一环节上断了。

胎儿足月，程东把老婆送进医院产房。

母亲来了，大姐来了，二姐来了，岳母来了，一家人在医院产房走廊上高高兴兴地等待好消息。

晚上十点钟，一个婴儿来到这个美好的世界。医生走出产房，告诉程东一家说，是千金。

程东一听，僵在那里，本来有说有笑的一家子，一下子都沉默了。大家默默走进产房，看望产妇和孩子，听从医生交代，把产妇和孩子送到病房。程东看不清各人的表情，只知道，本该喜庆的事，可谁也挤不出笑脸来。

程东也高兴不起来，一种失落的情绪笼罩着他的心，愿望与事实偏差太远了。

第二天中午，大姐、二姐说农事忙，回去了；母亲也回去了；只有岳母留下来照顾她的女儿和外孙女。

过了几天，老婆孩子出院了，整天忙上忙下的程东，情绪有了好转，心情也平静了下来，脸上恢复了往日的笑容。

这时，大姐打来电话，说父亲病了，住进了卫生院。

程东想，是不是因为他生了个女儿，父亲心情不好，导致病发了呢？要是那样的话，就太对不起父亲了。

程东打算明天赶回乡下看望父亲。

晚上，父亲打来电话，说："阿东啊，爸没事，人老了就这样，一点儿小问题，你就别担心！好好伺候你老婆和孩子，有大姐二姐她们五个姐妹轮流照顾我，你姐几个都很孝顺，体贴周到，你就放心吧！"

听了父亲的话，程东的眼睛湿润了。"还是父亲最理解我，父亲的观念已经转变了！"

获 奖

第十三届书法篆刻艺术展在省艺术中心举办，参展的一百五十幅书法篆刻作品正在书画馆展出。今天是展览的最后一天，下午四点钟将举行闭幕式，公布获奖名单。

这次书法展览获得一二等奖的作者可直接加入省书法家协会成为会员。本次展览设一等奖两名、二等奖三名，参展的作品都是从各地市精选出来的精品力作。骆江市一中左军洪老师的楷书作品《我爱我的祖国》有幸入围，这对左军洪来说，意料之外。

左军洪是中学语文老师，自幼爱好书法，以楷书见长。教书育人十多年来，除了工作，空余时间就写字。为了教学，他认真临习了唐代的欧、颜、柳多家楷书。之后又临习了汉代隶书的多个碑帖。他一贯主张写好规范字，做好中国人。平时，他要求学生写字要规范整齐。

参展的作者都十分强烈地希望获奖，从而顺利加入省书法家协会，成为有证的书法家！

谁会得奖呢？

组委会通知入展作者参加今天下午的闭幕式。

展览大厅里，人头攒动，有作者，有观众，他们三个一伙，五个一群，在一幅幅作品前有说有笑，评论着作品，谈论着谁会得奖！

左军洪参加这么高级别的展览，还是第一次，所以，他的心怦怦乱跳，有点儿紧张。

站在自己的作品前，一边看两边别人的作品，一边将自己的作品跟人家的作品做比较，自我感觉还好，诗是自己作的，字的笔画坚定有力，章法结构缜密合理，关键是作品充分体现了自己的思想感情。

这样一比，左军洪的心才稍稍安定下来。

这时，几个人慢慢从右边往左军洪这边移动，为首的是一个四十多岁的人，脸色白皙。长发垂肩，额上的头发往后拨，油光可鉴。上身穿一件灰色的唐装，下身是蓝色牛仔裤，脚穿黑色休闲皮鞋。他一边用手指指点点每一幅书法作品，一边高谈阔论。他谈笑风生，神采飞扬。他一言一笑、一举一动，都表现出艺术家的气派。

"嚯，这件草书作品，书写流畅飞动，很有气势，用墨枯润相间，笔画沧桑高古，造型奇特，这件作品得奖无疑！"

"不过，像上面这几个字一塌糊涂，都看不懂呢？"旁边有人指着作品上一些字提出不同意见。

"草书就是这样啦，点线面结合，黑的地方一块，属于面，书写出来的作品与别人不同，有自己的特点才容易得奖。这还是小草呢，大草就更不用说了。"

"那他肯定得奖啦！"有人附和着。

这伙人往前移，全然不顾站在那里的左军洪，把左军洪挤到旁边。

"这幅楷书，字写得方正老实，中规中矩，似乎千篇一律，属于学院派一路，没有一点儿冲击眼球的艺术感染力。好在书写很有法度，笔墨很到位。但是现在还有几个人写正楷作品来参展？都已经连续几届没有正楷作品获奖了。"

"唉！这个作品肯定是做陪衬来的啦！"

听了这话，左军洪满脸通红，恨不得找个地缝钻下去，好在没有人知道这件作品是他的。

接着又是一幅狂草，"龙飞凤舞""气势磅礴""非常有冲击力""太震撼了"。长发艺术家又一连串的高论。

听到这些人出语不凡，左军洪自愧不如。

"旁边的楷书作品，估计评委连多看一眼都觉得浪费时间。"

这时，左军洪的心彻底地凉到了脚跟。是自己命不好，偏偏自己的作品跟那些优秀的作品排在一起，楷书跟草书放在一起，没法比。

不过，能来到这里参展已经是很了不起了，又不是肯定获奖才来的。这样一想，左军洪也就心安理得了。想想也是，自己多次参加市、县一级的展览或比赛，得奖的次数屈指可数，即使获奖，也是三等奖或者鼓励奖这一类的小奖。到省一级参展，没能获奖，理所当然。

紧接着是一幅隶书。

"这个隶书，好像我读小学三年级的儿子都能写呀。"有人说。

"不是哦，这个隶书，字像小学生写的，但是他表现出一种稚拙、古雅，有味道。"

"上面的字歪歪扭扭的，比如这个'中'字，中间竖画却不正中，这个'美'字，下边大字就像一个矮仔的两只脚，哎！实在看不懂。"

"现在，三岁的人写出七十多岁的字，或者七十多岁的人写出三岁小孩儿的字，这才叫书法。"

这时，人们向会场靠拢，闭幕式开始。

第二项议程，宣布本次书法展览获奖名单。

一等奖两个。没有左军洪。他的心情很平静。

二等奖三个：第一件，楷书，自作诗《我爱我的祖国》，作者左军洪。

左军洪简直不敢相信自己的耳朵。他怎么也想不到自己会得奖。

评委会给他的颁奖词是：字体端正健劲，奇正相生，章法结构缜密，充分体现了"写好中国字，做好中国人"这一庄重主题。

多收了三十元

那个旅客拉着拉杆箱走到宾馆门口,掏出手机把服务大厅拍了下来。走到门外,又把宾馆的门面拍下来。他似乎很平静,一副理直气壮、有恃无恐的样子。

一个男服务员走出来,问那个旅客:"兄弟,你这是什么意思?"语气很温柔,却带有一种不可阻挡的逼人气势。旅客说:"没有什么意思,自拍一下而已!"男服务员说:"没有什么意思就好!"

不一会儿,那个旅客又回到了宾馆服务大厅,门外还站着一个人,扶着那个旅客的拉杆箱,个子不高,但很壮。旅客说:"退我三十块钱吧!"

"为什么要退你钱?"服务员反问。

"你们住宿费才七十块,而你们收我一百块钱,你们这不是坑人吗?"

"现在是春节期间哪!春节期间什么都涨价,人家都放假了,老板请工人也难哪,工钱也相应涨了呀!"

宾馆大门顶上的LED屏的字幕在不停地从左到右一行行滚动:"欢迎入住周信便捷宾馆,单人房70元/间起……"

"你们不退也行,刚才我已经把你们宾馆的LED屏的标价拍下来了,我在这里也有好几个朋友,我把这个事发到朋友圈,看看会怎么样!"

男服务员说:"你这里有多少朋友?单你有朋友圈吗?你发上去试试看!是你朋友多还是我们老板朋友多。"

旅客说:"你们想打架吗?你们坑人了还威胁我?要不,我就报警了。"

"你想报警就报吧!你这是无理取闹。一间房一个晚上收你一百元,是老板定的春节住宿价,不是我们坑你。老板的三家宾馆都是统一这样定价的,别的宾馆也都是这么定价的,怎么是坑你了呢?春运坐车,车票翻倍涨价,飞机票原来几百块钱一张，春运就比平时涨上一千多，难道你坐飞机回到家了你又叫飞机场退你一千块吗？有这样的道理吗？"

"你们大门上的显示屏显示是单人间每晚七十元，明码标价，你收我一百元，这不是坑我吗？"

"那你看我们大厅墙上的价目表，单人间标价一百零八元，你再补来八块钱呗！"

"那更说明你们的价格是乱来一场……"

男服务员一听，火冒三丈，脸色涨红，两眼凸出，像两束火光，瞪着旅客说："那是老板定的，不是我们定的！我们只是给老板打工，我们不能违背老板的意思擅自少收你钱，难道少收了你三十块钱，我掏腰包补上去吗？"看得出，男服务员很生气，却强压着怒火，说话语气似乎很温柔，但听起来却很别扭。

坐在柜台里正忙着的女服务员连忙站起来，说："算了算了，都不要吵了，打电话给老板，向他汇报一下，看老板怎么说，干脆就由老板定了，老板说退就退，说不退就不退。"

"老板自己定的价，他不会改变的，他这人很讲原则，说一不二的，定下来的事就要坚决执行。难道他还自己打自己的嘴巴？"

正说着老板，老板就来了。笔挺的藏青色西服，干净整洁，白色衬衫打底，不打领带，很随和，微笑着走进大厅，跟大厅里的人简单地互致问候。

那个旅客抢先跟老板说了要求退钱的事。

听了旅客的要求，男服务员很不服气，大声嚷嚷："周老板你别理他，我们已经跟他解释得很清楚了，他这是无理取闹！"

周老板伸手向男服务员挥了一下，示意男服务员不要吵闹，然后笑呵呵地问那个旅客："昨晚住得还舒服吧？"

"还可以！"语气很生硬，像一块铁。

听旅客那样的语气，感觉到旅客的那种态度，男服务员更加生气，可周老板却不恼不怒，微笑着说："那就好！"

"只是你这样乱收费，我就心里不舒服了！"

"那该怎么做你才满意呢？"

"退我三十块钱。"

"既然为这心情不爽，那就退还你三十块钱吧！"周老板向男服务员温和地说,"顾客至上嘛,退还他三十块钱吧!价格标示有点儿小失误,这是我的责任!"

"老板……"男服务员还想争。

"别争了,这大过年的,都图个心情愉快。我们也不差这几十块钱哪!"

阿巧老师

直到现在，我们都不知道阿巧老师为什么叫"阿巧"，只知道村里年长的或者同龄的人都叫他"阿巧"，比他年轻的都称呼他"哥巧"，学生们平常说话聊天提到他时也说"巧老师"，只有在课堂上和正式场合才称呼他"梁老师"。

阿巧老师姓梁名庭，本村人。

"巧"，也许只是梁老师的小名而已，可为什么叫"巧"而不叫别的呢？

阿巧老师身材好，一米七的个头，眼珠子会溜溜地转，随意到街上走一圈，回来就能把街上比较有特点的招牌或者别的一些事物说给你听。他目光犀利，仿佛能把你的五脏六腑看个透。做他的学生，你绝对骗不了他，但这似乎与"巧"的意思还是没有多大关系呀！

我读四年级的时候，阿巧老师做我们的班主任，教语文。他是"文革"前的老高中，毕业后到中等师范学校去读了一年师范专业，"文革"爆发后学校就解散了，他无书可读回家务农，再后来就在村里当上了民办教师。

他上课只带一本教科书。他的书上有的课文前后左右都写满了密密麻麻的字，有的则一字不写。我们都喜欢听他讲课，因为他讲课生动有趣，他讲的既是跟我们的实际生活密切相关的实实在在的知识，又能跟考试紧密联系起来，讲到动情处还手舞足蹈，有时也绘声绘色地穿插一个故事。

有一次上"古诗词三首"，阿巧老师说："下面我们来学习《别董大》这首诗。"接着高声朗读："别董大。"可刚读完题目，就没有了声音，足足半分钟。我们抬头，把目光从课本移到老师脸上，看见老师两眼紧张地扫视着课文，接着说："诗歌第一句末尾这个字，大家查一下字典，看怎么读，是什么意思。"趁着同学们查字典，老师踱到同学们当中。他在课桌间走了一圈，又回到讲台上。"查完了吗？哪个同学说说这个字怎么读？是什么意思？"

一个同学回答了问题，老师肯定地表扬了这个同学，然后强调说："这个字读'xūn，阴平'，是'昏暗'的意思。"说完，他把这首诗大声朗读了一遍。

其实，他也不知道这个字怎么读，是什么意思。

以后，他屡屡用这种方法，让我们养成了勤查字典的习惯。

小学时，少不更事的我们自控能力差，每天早上起来了去上学，中午放学就一窝蜂冲出校门回家，或者到河里去游泳，摸鱼捉虾，似乎随心所欲，为所欲为。有时下午干脆就不去上学，到处游玩。发现我们不到校，阿巧老师会立刻家访。把我们找到了，叫到办公室去一个个询问。"阿志，说说刚才为什么不来学校？"阿志说："是阿伟叫我去河边钓鱼的。""阿伟叫你去你就去了吗？阿伟叫你吃屎你也吃吗？""阿伟你捡一块石头叫他吃！"阿伟就地捡了一块小石头送到阿志的嘴边。结果我们都受到了惩罚，背诵当天的课文。从此以后，我再也不敢旷课了！

读完了五年级就要考初中，也就是这所小学的附属初中，叫那州附中。五年级两个班七十多名学生，百分之九十考上了初中。考不上的人就在家里务农，脸朝黄土背朝天，日晒雨淋，辛苦劳累。阿巧老师看到那些考不上初中高中的人干活辛苦，就半认真半开玩笑说："哼！国家每年起那么多房子，你们都不懂得去住，就懂得吃喝拉撒，像猪一样！"

我们上了初中，阿巧老师又被安排到初中这边来上课，恰好是教我们班，班里有十个同学是他在五年级教过的。阿巧老师教育我们，从不讲大道理，只用实实在在的事例来说事。他说："你们要好好读书，将来考上了高中，再考上大学，毕业了就捧上了铁饭碗，下班回来，拿着勺子敲着饭碗叮叮咚咚去饭堂打饭，多美好的生活呀！哪怕不小心摔下来，饭倒了，碗还好，再重新去打饭啰……"

初三上学期段考过后，学校召开毕业班师生会议，对段考情况进行分析。而我是最讨厌开会听会了，学校领导在上面讲话，我就头疼，昏昏欲睡，跟上课听课一样，除了阿巧老师上的课，其他老师的课我都听不下去！于是，我就和两个同学一起躲到宿舍里睡觉。阿巧老师来到宿舍，两个同学急忙溜了出去，到会场去了，只有我来不及溜出去，被他逮住。"周志明，你怎么不去开会？"我说："我头晕。"他用手摸摸我的额头，然后脸带微笑地说："起来吧！我带你去卫生所！"来到学校旁边的村卫生所，阿巧老师交代医生给我做全面检查。医生先是给我测量体温，问我哪里疼？然后是一阵慢条斯理的把脉，接着叫我解开上衣扣子，用听筒探听心率，等等，检查完这些项目，足足耗了我三十分钟，完了医生问我："打针哦，怎么样？"

"我最怕的就是打针了！"

"不打针，那就开药呗！"

自始至终，阿巧老师一言不发，脸上带着微笑，静静地看着医生给我做检查。检查结果怎样，医生也不说。其实我没有病。我只好如实对医生说："我没有头晕，我就是不想参加会议而已。"这时，阿巧老师说："既然没有头晕，那就去开会吧！以后再也不允许这样哦！"

对山歌

今天真是好日子 / 娇连 / 花开并蒂好姻缘 / 贝贝侬侬来恭喜 / 趁机与哥把爱连。

已经是夜里十二点钟，洞房也闹过了，来喝喜酒的亲戚朋友大多数已经回去，只有新郎的十兄弟[1]还在庭院里浅斟慢饮，聊天，有的小声猜码，久久不愿散场。新娘的十姐妹[2]在新房里陪新娘。在这深沉的夜色中，新房里传出了歌声。

一分钟，两分钟，三分钟，时间在流逝，似乎过了很久，歌声再次传来：东方启明鸡啼晓 / 娇连 / 久久不见歌声传 / 莫非鸡冠长未全 / 不敢鸣叫破晓天？

是山歌。

十兄弟放下酒杯，停止猜码，几个哥儿们聚拢过来，交头接耳一下之后，齐声应和。

雄鸡一唱天下白 / 娇连 / 正想约妹谈婚恋 / 要是阿妹有心意 / 来年我俩双飞燕。

几分钟后，歌声又传来：左江碧水清清泉 / 娇连 / 两岸美景映田园 / 村庄整洁村容美 / 你村是否也新颜？

她们这是探问十兄弟村的村容村貌好不好啦！歌声悠扬、缥缈，好像从很远很远的地方传来，优美的旋律，像美酒，像花香，沁入心脾。

村庄美丽家园好 / 娇连 / 山清水秀碧蓝天 / 人勤家富和美邻 / 幸福生活赛神仙。

---

[1][2] 广西婚俗，类似伴娘伴郎。

十兄弟急急忙忙对了上去，但似乎不尽如人意。

探问阿哥家里边／娇连／几多旱地几多田／踏实勤劳讲科学／每年收入几多钱？

哦！一段好声音。十兄弟就哑巴了，你推我让，不敢接招。他们不擅长唱山歌。现在的年轻人已经现代化了，谈恋爱都是直接约会。而从山区的村里送新娘来的十姐妹却还擅长山歌。今晚的对歌是她们先挑起来的，看来她们真的是对歌的高手了。

这时，坐在门边的一个人忍不住了，他看见十兄弟有点儿狼狈，就急忙把歌对了上去。

十亩旱地十亩田／娇连／如今大块连成片／一棵木薯一缸干／一亩甘蔗吨糖田。

对得好！这个人一开腔就给十兄弟挽回了局面。这个人是新郎的二叔。二叔的歌声高亢、优美。二叔也真够牛，够夸张了，一棵木薯收获一缸的干片，一亩甘蔗收获一吨糖，你说一年收入有几多？

改革开放几十年／娇连／壮乡面貌大改变／甘蔗楼高赛木棉／皮鞋不刷穿十天。

这一次，新房里静了！

二叔真是厉害，不管新房里唱出什么歌，二叔总能对答如流。据说二叔二婶都是唱山歌的好手，当初二叔喜欢唱山歌，一边劳作一边唱，以歌解乏。他也喜欢对山歌，对着对着，就把人家的姑娘对成了二婶。

对唱中间，二叔还给这十兄弟中不懂山歌的人讲解山歌："壮族山歌有很多种类，山歌主要是用本地的壮族土话来唱，通俗易懂。比如贝侬就是壮族土话，指兄弟姐妹，年长为'贝'，年纪小的是'侬'。但是现在普通话普及了，我们讲壮族土话还用原来土话的字，而唱山歌就用对应的汉字，比如'兄弟'就用兄弟，不用'贝侬'了。山歌有娇连、正佳、金银等多个调，歌词一般七个字一句，四句一首或八句一首。要求押韵，一韵到底。而且，押的这个韵一般要跟这个调名的末一个字同一个韵，比如刚才我们唱的'娇连'跟年、园、田、钱等就是。"

二叔一边讲解一边小声示范。

看来十姐妹真的是唱山歌的能手哩！还不到一个钟头，十兄弟就悄悄溜走了几个。

二叔替十兄弟跟十姐妹对唱，无论十姐妹唱出什么难题，二叔都能把她们对下去。

也许十兄弟中会有一两个今晚能相中自己的意中人吧。等明天开门见面他们就可以互相认识了。

人争志气树争春／娇连／如今创业正当年／劝哥莫急枝理连／大家挣钱力争先。

二叔说："她们是不是要反悔啦？到底她们要耍什么花招？"

不忘初心不忘本／娇连／发家致富记心间／成家创业两不误／小康路上结良缘。

二叔唱完，就等十姐妹对上来了。可等了十多分钟，仍不见动静。二叔干脆接着唱：致富路上把手牵／娇连／建设家园肩并肩／田中插秧又放鱼／鱼米丰收乐满院。

再等了一会儿，新房里才又响起歌声来。

木棉花絮飞上天／娇连／东南西北到处转／有心与哥双飞燕／问哥何时花月圆？

"又是一段好歌！"二叔说，"她们这样唱，我们就有希望了！"

"山歌的内容丰富多彩，有谈恋爱方面的，有唱农业生产的，有唱村风民风的，有歌颂新时代新社会的，有歌颂劳动人民勤劳勇敢精神的，多着呢，你们青年也应该学一学，丰富自己的精神生活，不能晚上吃了饭没事干，更不能参与赌博等违反法律和社会公德的事。现在很多村子都兴唱山歌，你们学熟了山歌，谈恋爱，找老婆就容易了！如果不会唱山歌，就像不会耕田，哪个姑娘喜欢你呢？努力点儿，老婆会有的！"二叔对十兄弟这么说。这时，十兄弟只剩下三兄弟陪着二叔跟十姐妹对唱了。夜深了，歌声也小了许多。

"一带一路"好前景／娇连／绿水青山就是钱／双手垦开幸福路／九州处处花月圆。

对歌讲究声音的装饰、变化，唱出来的山歌，有时拉长音，有时用喉音，总之不能让对方辨出来，这才是高手。对歌可以一个人对，也可以几个人一起合唱着对。几个人合起来对唱时，对方更不容易辨出是谁的歌声。这时，十姐妹唱道：

当今社会真是好／娇连／阳光普照暖人间／雨露润物细无声／春满大地福无边。

阿哥勤劳不等闲／娇连／妹妹愿把红花献／建设家乡创新篇／我们生活比蜜甜！

她们唱得真好哇！二叔和几个青年都赞叹不已。听到"妹妹愿把红花献"这句歌词，几个青年心中暗喜。

二叔和十姐妹一唱一和，有时用山歌互相逗趣，有时唱耕田种地的事，有时表达爱恋之情。他们唱啊唱，一直到天亮。

春日的阳光暖暖地从门口照进厅堂，新房门帘掀开，二叔和几个青年都惊呆了，二婶微笑着走了出来。

活不住

三婶是个农民。

三婶大名叫龚月群,二十三岁时从何村嫁到我们三叔家。三婶没读几年书,没有文化。她家是村里比较穷的人家之一,家里有七十多岁老父亲,儿子读大学,女儿去打工。穷,三婶不怨什么,只怨自己命不好,或者说家里的祖坟葬得不好。好在儿子考上了大学,寒门终于生了贵子。儿子这一辈子不用在家"呗呗乙乙"过那穷日子了。

"呗呗乙乙",是壮族土话,是赶牛使牛的语言。"呗",说壮话相当于普通话的读音"北",语音中长,赶牛人一边喊"呗——",一边用牛绳甩打牛身,命令牛往右拐或靠右走。"乙",说壮话语音短促,赶牛人一边喊"乙",一边猛拉牛绳,让牛向左拐或靠左走。还有一个是"嚯",说壮话相当于普通话的读音"活",尾音较长,喊"嚯——",是让牛停止的意思。三婶一家就是在"呗呗乙乙"中辛苦劳累了二十多年。

三叔三婶都不知道穷根在哪里。

去年,镇上派工作组到村里来发动群众整合土地,小块变大块,连片开发,统一耕种,机器生产。三婶听了会上村支书的讲话,以为又要搞以前生产队那一套,所以坚决不同意将小块变大块。她想,好不容易分了单干,有了多一点儿收入,现在又要归生产队了。三叔倒是理解这种政策和做法,想签字同意,可三婶不同意。

村里大多数人家的田地都小块拼大块连片了,只有三婶家的地还是东一片西一块的。人家大马力拖拉机统一耕地,她家自己干。人家用种蔗机种蔗,她就是不相信那铁疙瘩能种蔗,她说:"蔗种子是一截一截摆到开好的行里,你那机器一条一条放下去，能行吗？"三婶一直认为，牛是农家宝，是农民致富最得力的帮手。

早上九点多钟，三婶驾着牛车去种甘蔗，在离开村子两公里左右的路上，迎面开来一辆锃亮的黑色小轿车。小轿车在距离三婶的牛车十多米的地方，打了两下闪光灯，按了两声喇叭，三婶的牛受了惊，拉着车往前猛冲，差点儿撞上小汽车。三婶急忙从牛车上跳下来，拿住缰绳把牛拉住。小汽车也停了下来，司机摇下车窗。

"喂喂喂！你不想活啦？你的牛猛冲向我的车，你怎么不拉住呢？"

"怎么不'活'，但是'活'不住哇！"三婶一脸无可奈何的样子。

三婶把牛拉住，让小汽车开过去了。

三婶满心气愤。

来到自家蔗地，看见有几台拖拉机正在周边推坡填沟平整土地，一大片新翻的地把三婶的蔗地包围在中间，三婶的那块地孤零零的，像一大块布匹上的补丁，特别难看。

三婶看了，也觉得不好意思了。"看来不参加土地整合是不行了。"她想。

刚要干活，放在竹篮里的手机响了。村支书打来电话，说县农机局的人来找她家，有重要的事，三叔又去镇上买化肥了，只好叫三婶马上赶回家。

三婶急急忙忙拴好牛，一路小跑赶回村里。由于赶路，三婶跑得气喘吁吁，她想，要是有辆摩托车就好了，偏偏她驾牛车去。看看人家整合了土地，承包给公司经营，自己到公司打工，多轻松愉快呀！她又想，农机局的人找她家有什么事呢？

三婶赶到村支书家，一看，噫！这不是刚才在路上碰到的那小汽车吗？

村支书说："怎么那么久才到？人家领导等你一个钟头了。这几个是农机局的人，他们看见你家困难，给你送农机来了。因为你家耕地还是小块，就送你两台小农机，等下就送到。你叫你爱人来，准备接收。"

三婶不知道该说什么好，笑了笑，又搓搓手。旁边的人小声说："还不谢谢人家，傻什么？"三婶这才急忙上前，点头哈腰地说："多谢村支书，多谢局长……"

村支书说："要不，你就把你家的地跟大伙儿整合在一块吧，这样你们家就不用那么奔波劳累了。你只管坐在家里收地租就行了。"

"是是是，回头叫我爱人跟你签字去。"三婶唯唯诺诺，正要回家，刚走几步，又回来，对村支书说："只是，我家土地都整合了，那农机不给我啦？"

村支书："给的。由你保管，以后你给公司打工，用得上的。"三婶这才放心回去了。

密码

都是微信惹的祸

　　丁东被人追击是晚饭后才发生的事。
　　刚吃完饭，丁东坐到了沙发上，拿过手机，打开微信，几十个微信号的开头都显示着红色数字，今天的微信一直没空看。随意点开一个微信号，上面满是信息或者链接。
　　丁东点开一个链接，匆匆瞄一下，随即顺手转发到几个微信号上去。
　　每次收看到好文章、好信息，丁东就转发到朋友圈或朋友的微信上，给大家分享。
　　十多分钟后，微信群"八八届校友"就出现"@丁东"的信息。
　　丁东打开微信，一个微信名叫孤独侠的人发来信息：丁东，你发给校友们的文章有严重的问题，你自己看看，你这样的文章是诅咒朋友不平安，诅咒朋友不得好死，你这样做是不对的。
　　丁东看完，脸上掠过一丝不易察觉的笑意。关机。准备出门。
　　八点钟的时候，在公车上，孤独侠的微信追过来：丁东，你诅咒朋友不得好死，你才不得好死！！！
　　丁东脸上的肌肉抽动了一下。
　　看来，这事得上心了。他把转发的微信认真地看了一遍。原来微信是一篇关于人生哲理劝人行善的文章，文章末尾有"看完觉得好就转发，看完不转，全家不平安，看完不转，不得好死"这些语句。
　　丁东脸上热辣辣的。但丁东想，对孤独侠，也没必要回应。
　　九点钟的时候，丁东在体育中心乒乓球馆打球。一局下来休息，丁东发现手机上又有"有人@我"的微信。还是孤独侠发来的：丁东，你怎么不露面啦？你怕啦？你诅咒朋友，你还是人吗？你敢出来见面吗？你敢公开你真实姓名和身份吗？

丁东心跳有点儿加快了。转发这条微信，不小心得罪了人家，也没想到这个家伙竟如此迷信，微信上的不吉利的语句，他那么在意！

孤独侠到底是谁呢？

是呀，八八届校友上千人，在群里的就有四五百人，可能是全国最大的学生校友群了。而这一届校友，三教九流，各行各业都有人，所以，真的不知道孤独侠是哪一位。

十点钟的时候，孤独侠的微信又追过来：丁东，你诅咒朋友，你信不信我收拾你？

丁东有点儿怕了。

新建的体育中心位于城西，离居民区远些，比较偏僻，路边、空闲地带全都是树木，没有路灯，树下阴森森的，有点恐怖。球馆四周静悄悄的，只有球馆里乒乓球乒乒乓乓的声音和隔壁羽毛球馆里打球人的呼叫声。从体育馆出来，丁东心里感到很害怕。

十一点钟回到家。打开手机，孤独侠的微信又追上来了：丁东，你这样诅咒朋友，你真不是人！亏你还是校友呢！你不脸红吗？你不配做校友！你转发来的信息，你不懂得编辑修改一下再发上来吗？你那么无知，亏你还读过大学呢！你不觉得羞耻吗？

对于孤独侠的穷追猛打，丁东本想置之不理。但是，现在似乎不理不行，孤独侠也似乎穷追不舍，似乎非把丁东拖出来打一顿不可。

不久前，丁东在网络论坛上对某一个书法名家的书艺进行了简单的评论，招来了这位名家的密集攻击，连续三天发帖追击。

"说我的书法是丑书，把汉字写坏了，把中国文字异化了，你又练了几年？你的字又怎样？"

"我是一个没有文化的人，不像丁先生那么有文化，素质高，心胸宽广……"

"像丁先生这样文化底蕴深厚的人，怎么就不见各级书法家协会上有你的名字？"

唉！好心变坏事了。都怪自己不认真细致，没有把那个信息认真读完就转发出去，导致孤独侠的追击。

丁东不得不在"八八届校友"上发了一条信息:对不起各位校友,我并没有故意诅咒大家!我只是觉得那篇文章很好,就分享给大家。我没有认真读完那篇文章,只是大概扫一眼,觉得好,就顺手转发了,没注意到里面有诅咒的语句。这是我的错,我是无意的,我向大家道歉:对不起!

贷　款

"真不知道这个周经理是怎么回事，办一件事拖那么久都搞不定，效率太低了。"陆福兴愤愤地对我说。

我说："周经理太忙了。贷款的人也太多了，他忙不过来呀！"我想方设法安抚陆福兴。

陆福兴是隆州镇那琴村的贫困户，家有年迈多病的母亲，有一子一女两个大学生，还有一个残疾的弟弟，耕地少，收入低，可开支却很大。我是他家的帮扶联系人。

能得到周经理的大力支持，额外得到五万元的贷款，非常不容易！

原来的五万元扶贫贴息贷款，陆福兴已经入股到农业开发公司。现在想再多贷五万元出来，计划养三十头羊。这不，又得找农村商业银行，找周经理。

上周星期一，申请贷款的材料就交到了周经理手上。

到了星期三，陆福兴就马上到银行信贷部去找周经理询问这件事。周经理正忙着指导客户填写贷款申请表等材料，饱满的天庭和周正的脸庞上轻汗润泽。见到我们，他微微一笑："正忙着，你们稍等一下。"

等忙完一个客户的事，他拿出陆福兴的申请材料，一边翻看，一边说："还要补担保人的结婚证复印件，担保人的收入证明等。"

陆福兴说："那么复杂呀？"

"这是规定。材料少一份也不行。"

补齐材料，一个星期就过去了，还没有消息。

陆福兴又到银行信贷部去。周经理一边整理桌面上的材料一边微笑着说："领导还没审核呢，不要急，耐心等待。"陆福兴说："都过去一个星期了呀，怎么领导还没审核呀？"

周经理说："是呀！办贷款的人多，你这个是商业贷，程序相对复杂一点儿，时间要久一点儿的，领导还要一一审核才行。"

又一个星期过去了，没有消息。

到银行信贷部去，几个工作人员在忙着接待客户，指导客户办理贷款手续。周经理满头大汗，急急忙忙的样子，他正准备出去，见了陆福兴，说："材料已经交给领导，我现在要去开个会，明天就要出差，本系统交叉检查工作，大概一周时间。麻烦你再耐心等待一阵子。"

还要再等一周。陆福兴有点儿恼火了，心想："真是太过分了。不就是贷几万块钱吗？半个月都办不下来，气死人了！"

一周过去了，周经理应该来了吧？

一天晚上，夜色朦胧。陆福兴手提一个小纸箱潜入现代财富小区，穿过小区里茂密树木底下的阴暗，来到一栋楼三楼303号门口。敲门。开门的是一个中老年妇女，五十多岁的样子。她说："小两口带孩子出去玩了。"

陆福兴说："我是周经理的朋友，从农村上来，给他带点儿土特产。"说完放下小纸箱就慌慌张张地离开了。

第二天，周经理把陆福兴叫来。

"这是谁教你的？你把我当什么人啦？"

"我没别的意思，只是一点儿农村土特产，我想把贷款办得快一点儿罢了。"

"我原本以为你是个农村人，老实本分，没想到你也懂得这个。这些东西你拿回去，不然贷款我不帮你办。我也知道你想把贷款办得快一点儿，但凡事都有个先来后到，按先后顺序排队还没轮到你呢，而且现在优先办理扶贫贷款，希望你能理解，耐心等待。"

看见这事还要等待，而且觉得希望渺茫，陆福兴想要放弃这笔贷款了。这时，银行信贷部打来电话，让陆福兴去办理那笔贷款。

到了银行，才知道周经理已经调走了，调到市支行去了。

办完手续，当天放款。陆福兴喜出望外，忙不迭地给接待他的贺经理道谢，还说："那个周经理就是不行，办事效率太低了，还假正经。"贺经理说："你这样说话就不对了。你应该谢谢周经理的，这笔贷款是周经理办下来的。周经理临走前加班加点把你的贷款办好，交代给我们放款之后，才去市支行报到的。他是被提拔到市支行去当副行长的哦！"

他们都去哪儿啦？

听说，学校领导班子将要进行调整。听说而已，知道内情的人应该不多。

不了解内情的人却很多，班子成员也不一定知道，教导处副主任周文仲就是一个。对这事，他一直蒙在鼓里。他认为不会有这种事，就像阳光灿烂的大好晴天里突然来了暴风雨，不可能。因为上级主管部门还没有对学校领导班子进行民主测评，也还没有考核。

而消息灵通的人说，就以上次年度考核为依据，调整而已，又不是换届。

那天晚上，学校领导办公室里，日光灯静静地挥洒着柔和的白光，对面教学楼上传来晚自习老师抑扬顿挫的讲课声。周文仲正专心批改学生作业。

今晚真静！办公室只有周文仲一个人，其他学校领导都去哪里了呢？周文仲不得而知。教师办公室也黑灯瞎火的，没一个人，显得很寂寥。

周文仲也太忙了，没有时间考虑别的事情。刚到办公室时，他也没注意到办公室里今晚只有他一个人，他以为校园里、办公室里都和平日一样热闹和繁忙。他已经习惯了这种热闹和繁忙。

周文仲既当教导处副主任，分管毕业班的教学管理工作，又担任一个毕业班的班主任，上这个班的语文课。对教学，对管理，他丝毫不敢放松。有个老师跟他说："你那么辛苦劳累，图什么呢？你想当校长？我们的校长还年轻着呢！"周文仲说："不图什么，只求对得起良心，尽自己的职责，就 OK 了。"

就在前天下午，周文仲所教的班的科任教师姚吉成和张扬跟他开玩笑说："如果吴校长退下来了，我们推荐你当校长。"

周文仲笑了笑说："好哇，先多谢大家啦！等校长退下来，我头发也白了！正好！"

其实，对于周文仲这个人，老师们在背后多有议论，每个人心中都有一把尺。周文仲科班出身，工作有自己一套套的办法。三十出头的年纪，喜欢和学生玩在一起；说话幽默，学生们都喜欢上他的课。上一届他所教的毕业班升学考试，普通高中升学率达到百分之八十，以班来说，排在全市第一，所以这一届还是让他挑毕业班这个重担。秋季学期期末考试，他所教的班的各科成绩排全校毕业班第一。这个学期初，他教的班有五个学生在全市语文知识竞赛中拿了奖。他不喜欢用强势压学生学习，也不想用强力约束学生的纪律，他知道他没有强大的威力迫使学生服从他的意志，他只能开动脑筋想办法管理班级，用温和、友善的态度对待学生。

也有人说，他个子瘦小，魄力不够，当不了校长的。还有人说，他教学教得好，只是当老师的料，不是当领导的种。

又有人反驳说，当校长难道要打架？要身材高大干什么？领导一个学校不是靠力气，凭的是智慧。

周文仲也知道，校长这个职位永远轮不到他的。估计也没多少人看好周文仲，有人说，他只顾埋头拉车不看天。

九点钟，有家长来找校长和政教处主任，忙了大半个晚上的周文仲这才发觉，今晚学校里的领导们都不在，没有一个人来办公室，只有他一个人在忙。他们都去哪儿啦？

晚自习放学，校园里热闹了起来。还没到休息时间，内宿生吵吵闹闹的。

这时，政教处主任黄斌、副主任李志新，教导处主任黄文锋先后来到办公室。他们个个满脸笑容，满面红光。黄文锋哼着歌曲《难忘今宵》，李志新踏着舞步，手舞足蹈地走进办公室。接着刘明军副校长来到，他已经有点儿语无伦次。他们都喝了酒。今晚，他们很高兴！

周文仲一边批改作业，一边附和着他们，陪他们笑。

他不知道他们为什么那么高兴。只知道，他们今晚有饭吃有酒喝没有叫他参加，应该是有好事情在等着他们，他们也已经知道了这个好消息。好在周文仲酒量不行，不想喝酒。所以，他也不计较，也没有想到要计较。

第二天上午，学校召开全校教职工大会。

会上，镇领导宣布，吴俊明校长调任镇教育辅导站站长，周文仲任校长，黄斌任副校长。

会议室里，鸦雀无声，一些人面面相觑，旋即爆发出热烈的掌声。

一念之差

把儿子送进车站候车室安顿好，舒福已经饥肠辘辘了。"得找东西填饱肚子才行。"舒福这么想。

早上七点钟上车，十点钟到省城，奔波忙碌大半天，中餐还没吃。本来打算接到从学校放假回来的儿子再一起吃，可等接到了孩子，已经是下午一点多钟。

返程的车票也已经买好，是下午四点三十分的普快列车。

匆匆来到火车站广场边的公交车站，正准备到马路对面的饮食店找东西吃，一个熟人把舒福叫住。

"哎呀！在这里遇到你，真是太高兴了！我这里有一张火车票，是下午四点半的车。我还有事没办完，暂时回不了，你拿去用吧！"老乡说。

"我已经买好票了，不用了。"

"反正我也用不上，你就拿去给熟人也行，由你处理了。"

"我去哪儿找熟人？"

在远离家乡的省城，人生地不熟，能碰到熟人、老乡，真不容易，互相问候，也显得格外亲切！舒福和老乡一边聊一边互相推让这张已经多余了的火车票。

"你就拿着吧，没有熟人，你就把它扔了也行，我又不找你要钱……"

舒福急着要去吃东西，没有心思理会这张火车票。可似乎也没有推托不接这张火车票的理由，便不由自主地接下这张多余的火车票。

坐在粉店里等着煮粉的空闲中，舒福想到了刚才接下来的那张火车票。

"两张火车票，何不把老乡的这张票退了，拿自己的票上车？这不就可以解决多余一张票的问题了吗？这样做，自己就白赚了二十块钱，相当于自己不用买票，也有车票坐车回家……"这样一想，舒福脸上浮现出微笑。

"就这么办！"

"啪"的一声，舒福甩出一个响指。

煮粉端上来了，舒福快乐地吃着。

"这一招够聪明！如果把票扔掉，太可惜了！而且还浪费资源。"舒福在心里赞叹自己的聪明智慧，脸上洋溢着得意的笑容。

填饱了肚子，舒福立马赶到火车站售票大厅。

售票大厅里人真多，二十几个窗口，排队买票的人都排成一条条长龙，一直排到门外的台阶下面。此时正是夏天最热的时节，售票大厅里热气腾腾。中央空调几乎没有起到什么作用，喷洒出来的冷气一下子就被混成了热气，混杂着汗味，熏蒸着每一个买票或者退票的焦躁的人。

舒福在退票窗前的长龙后面跟上去。

买票的人多，怎么退票的人也那么多？

排队排了五十多分钟，舒福终于挤到了窗口前。

"我要退一张票，另外改签一张。"

"车票改签到改签窗口，这里只办理退票。"

"退票要不要身份证？"

"不要。"

售票员硬邦邦地回答，让舒福心里有点儿忐忑。

"你到底退不退？"见舒福犹豫，售票员催促了。

"退吧！"舒福急忙把两张票中的一张递给售票员。

退完票出来，一看手中的票，是老乡给的那张。退掉的是自己买的那张。被扣手续费四块钱，二十块钱的车票到手才十六块。还行！反正是白来的，十六块就十六块，不亏！辛苦一个钟头，捞到十六块钱，值得！舒福还是喜滋滋的样子！

接着又排队改签。

排队改签的人也是一条长龙。

舒福跟在长龙后面排了十多分钟，突然想到，改签可能要身份证吧，因为车票是实名购买的。而现在又没有老乡的身份证，怎么办？

舒福急忙离开长龙，直接挤到改签窗口去咨询。

售票员告诉他，必须要买这车票的人的身份证才能改签，如果不改签就要凭购买这张车票的人的身份证进站乘车。

售票员说得非常清楚。舒福一听，脚都软了。"白忙活了一个多钟头，竟是这样的结果。"他像泄了气的皮球，无精打采地离开改签窗口。

"完了！自己的票退掉了，老乡给的票用不上，得重新买票……"

抬头一看售票大厅显示屏上的时间已是四点钟，离开车只有半个钟头了。

舒福悔不当初，捶胸顿足。

一次关于买房的争论

志敏出差来到卢州镇,顺道抽空到解放街看望舅舅。见到舅舅时,舅舅正在堂屋中将水果箱拆开,把那些烂了的水果拣出来。志敏蹲下帮忙,甥舅俩一边忙着一边聊。

"海洪表弟上班吗?还是在街上帮舅妈看摊卖果?"

"今天他休息,不上班,也不知跑到哪里去玩了,或者去喝酒了。"舅舅说完,叹了一口气。

正说着,海洪表弟来了。

"哟呵,表哥刚到哇?下乡办事来啦?"

他两眼迷离,脸色红光闪亮,说话声音无所顾忌,大大咧咧的,很放肆。志敏知道他喝了酒,只是他并没有喝醉,似乎很清醒,而且还是那个喜欢扯大炮吹牛,说话口气强势的样子。

"表哥,告诉你吧,我也到崇州城里买房子啦!"表弟积极主动地对志敏说,口气中有点儿炫耀,神色很骄傲。

"好哇!在哪个位置?"

"新城区,锦绣前程。"

"为什么要在那里买呢?"

"我喜欢这个楼盘,名字大气,用同音字,前和金钱的钱同音,程和城市的城同音,含义是有钱的地方。这个楼盘的老板真会起名字,有创意!"海洪表弟将楼盘的名字解读一遍,一副得意扬扬的神情。

"我在旧城区。怎么不考虑在旧城区买呢?要是在旧城区买房,我们两老表距离就近一点了。"

"哼！还有谁在旧城区买房，以后的发展趋势都在新城区。"表弟昂起头，眼光向前。

"旧城区基础设施配备齐全，而新城区楼房稀稀拉拉，人流少，都建市十多年啰，一点儿人气都没有。"

"但新城区未来绝对比旧城区好！"表弟似乎不服气，"旧城区房子破破烂烂的，道路拥挤，经常堵车……"

"新城区发展太慢了，等到发展好了，恐怕还要十多年哦，到那时我们都老了！而且，还不一定发展得起来。"

看说不过表哥，海洪又转移了方向，说："嗯，买房主要是为了孩子。"

"多少钱一平方米呢？"

"四千五百块。"

"太贵了！"

"贵有贵的道理，所谓一分钱一分货嘛！"表弟说这话，底气硬得很，好像他检验过楼房的质量一样，胸有成竹。

"四千五百元一平方米，确实贵了。在崇州城，排第二位了，其他的楼盘才三千元左右。"志敏说，"有个楼盘叫阳光新城，也标价四千二百元，但他赠送几十平方米的面积，算起来才三千一百多。你买四千五百元一平方米，明显太贵了，是不是被宰啦？"

"阳光新城那个位置不好。"海洪表弟避而不谈价钱。

"当初幸福花园的职工经济适用房，才一千三百元一平方米你都不要，现在反而买四千五百元一平方米的商品房，可惜呀！"

其实，当初海洪表弟分得一套幸福花园职工经济适用房，但他不要。后来房价连续飙升，他非常后悔，只是不敢也不愿表露出来，有口难言哪！

"幸福花园不好，里面的建设进度太慢了，都五年多了，还没建好，地面还没硬化，污水横流，垃圾乱扔，跟农村差不多……"

"但它属于职工福利房，价钱便宜很多呀，反正以后它会建好的呀！"

"价钱便宜有什么用？贪图便宜何不住在小镇这里，都不用花钱……"志敏的话戳到了海洪表弟的痛点，他似乎有点儿恼怒了，口气里带着点儿火药味。

舅舅一边忙着自己的事情，一边在旁边默默听这两老表你一言我一语的争论，这时也听不下自己儿子的话了，大声说："你这个混蛋，净胡说八道，强词夺理。不要以为你讲的全都有道理，人家说的都是废话。志敏在城里工作十多年了，他不比你懂吗？你买这套房，多花了几十万元，把我的家底都掏光了还不够，你还好意思扯淡，不见你上街帮我看摊卖果？"

　　海洪表弟被父亲一顿臭骂，但他并没有一点儿愧意，霍地站了起来，对着父亲哼了一声，冲出家门。

兄　弟

姚永富从一家大公司设在镇上的分公司里又帮阿贵联系了一份工作。

虽说一个月的工资才六百块，可对于农村人来说，相当于四亩甘蔗一年的纯收入了，甚至比四亩甘蔗一年的纯收入还多。辛辛苦苦种上四亩甘蔗，一年下来纯收入能有这个数吗？

可阿贵不想干。

姚永富真的有点儿恼火了。找工作很容易吗？下岗工人那么多，很多人抢着干还抢不到呢。

姚永富恨铁不成钢。

阿贵名叫姚永贵。兄弟俩一个永富，一个永贵。取这样的名字，父母的愿望是孩子以至以后的子子孙孙都永远富贵。可是，现实并不是想象中的那样美好。阿贵初中毕业没考上高中，永富便帮他找了一个成人中专学校，花钱让他读了两年中专，希望他将来还能有出息，鱼跃龙门，离开那个贫穷的山村，在外面找一份体面的工作。姚家世世代代脸朝黄土背朝天，世世代代贫穷。为此，姚永富从小就刻苦读书。功夫不负有心人，永富大学毕业后考取了公职。家里五兄弟姐妹，永富排行老大，下面是四姐弟，永贵排第四。永富在外面有了工作，看到别人家兄弟姐妹全都脱离农门当干部，甚至当领导，吃香喝辣，很是羡慕！对比这些人，永富也就感到自己有点势单力薄、孤孤单单。所以，他强烈地希望弟弟能够成才，也因此投入了不知多少心血！

阿贵中专毕业后，回到家里，在家乡所在的小城镇上找工作，但找了几个月，没找到一份合适的工作。哪怕到偏远的山村当个小学代课教师也行，可专业不对口。阿贵学的是经济管理专业。

干脆到大城市去打工。阿贵跟家里要了两千块钱便去了。家里人不知他去了哪里，干什么，但却很放心，以为他在城市里找到了工作。

一年过去了，阿贵没回家一次，也不打电话来。时间一长，父母开始惦念阿贵。正在这个时候，阿贵却回来了。问他工作怎么样，累不累，他说："没有工作，再另外打算吧！"

原来，他没找到工作，把钱花光了，便回来了。

"继续想办法吧，"永富和父母都这么说，"反正都读了中专啦，农活就不干了。现在的农村，还有几个青年人干农活？"

后来，医药公司把保健药品销售铺到农村。经过哥的帮助，阿贵也就成了医药公司保健品的营销员。开始时他还很勤奋，进村入户，跑药店，探病人，把各种保健药品送到药店或病人手上。阿贵倒也扎实认真地做了几个月，根据业绩，工资也涨了一点儿。永富和父母也都安心让阿贵做这一行了，只要能找到钱，不向家里伸手就算不错了。

母亲身体差，经常病。阿贵很体贴母亲，给母亲送来几盒药，母亲吃了，觉得身体好多了。阿贵便给母亲送来一箱。送药来时没说什么，可过了不久，阿贵跟父亲说欠了公司药款，问父亲要了几百块钱补上。

不到半年时间，阿贵的保健品营销员也就干不下去了。

难道读了几年中专，还得回家务农？不可能，阿贵是干不了的。而姚永富也不希望弟弟务农，总千方百计帮他找工作。

游手好闲了近半年，阿贵决定跟朋友去打工。跟父亲要了一千块钱，跟三叔借两百块，姚永富给了三百块，阿贵便去了浙江。阿贵打算永远不再回来，一辈子都不再回那个贫穷的家。

到了浙江不久，阿贵便写信给姚永富，说工作已找到，但要交三千块钱入厂，要求姚永富寄去两千元。哥回了一封信，但没有寄钱去。姚永富不知道那是什么厂，为什么要交那么多钱，工资有多少，工作是不是稳定。但他知道，现在的骗子多，骗术高明，还有传销也害人不浅。姚永富还知道，阿贵是个花钱的能手。

阿贵从此杳无音信。

才过了半年，阿贵还是回来了，回到了那个生他养他的穷山村。

一天，阿贵到镇上赶集，看到有人收购一种草药，而在村里的荒山野岭上也有这种药，他便跟父亲要了一千五百块钱，上山下村去采收药材。几天下来，收了几百斤，交到收购站。以后阿贵收药材，收收停停，一个多月过去，一千五百元钱也就无影无踪了。

姚永富还在继续帮阿贵找工作。父亲也经常唠叨："看看在镇上的单位，要不要保安看个门口、发报纸之类的，或者糖厂季节工什么的，帮阿贵找一份工作，让他自己养活自己吧！"

姚永富也尽心尽力帮阿贵找工作了。镇上的糖厂开榨，他联系上老同学，找到了一份临时工，月工资五百元。阿贵嫌工资低，工作又不够体面，没有去做。姚永富感到有点儿失望。

渐渐地，阿贵变得懒多了，也特别能吃能喝，一日三餐都想喝两杯。

姚永富能找到工作让他做，但找不到老板让阿贵当。"老板是从打工仔里出来的。"他经常对阿贵说这句话。

毕竟是兄弟，姚永富还得帮阿贵找工作。这不，刚联系上一份工作，已经托了人通知阿贵来，自己带他到公司去报到。听说阿贵不想干，但姚永富还是把阿贵叫来，再劝劝他，先当打工仔，再当老板。

已经第二天了，阿贵还没有来。下班后，姚永富在家一边等阿贵，一边躺在沙发上看书。

阿贵来了，一起到公司报到上班。

阿贵吸取几年来找工作失败的教训，听从哥的教导，认真工作，尽职尽责。由于中专时读的是经济管理专业，如今正如鱼得水，阿贵所管理的营销部业绩节节攀升。阿贵也由打工仔，变成了营销部副部长，再后来成了部长。总经理还给阿贵配了一辆轿车，并准备将他提拔为副总经理。阿贵打电话给姚永富，说开车来接他一起回村里看父母，叫姚永富在家里等着。

"嘀——嘀——"是汽车喇叭，姚永富从沙发上爬起来，走出门口，看到一辆本田轿车，一个中年男子从车里出来，不是阿贵。

原来是一场梦。

一套房子的意义

吴能林三十多岁还没成家。

父母兄弟姐妹叔伯姑舅都为他着急，可他却不急。他从广东打工回来，表哥见他还是一个人，说："你也老大不小了，应该找个老婆成个家啦！"吴能林说："你以为上街买菜呀，那么容易？"

有好心人帮他介绍一位离婚带孩子的女人，双方见了面，和介绍人一起吃了饭，可最终还是没有戏，因为女方虽然带着一个孩子，可女方离婚的时候分得一套房。她怎么可能嫁给一无所有的吴能林呢。

那女人看不上他，因为他连住的地方都没有。没有房子，因为他没有钱。到城市里务工那么多年，一分钱也没攒下来。吴能林除了一米六的身高一百二十斤的肉体外真的一无所有。肚子里没有墨水，头壳里没有脑汁，四肢没有技艺，在城里是很难找到工作的。他看上的工作，工作却看不上他。只有那些又脏又累的苦活让他做，运气好一点儿时，能做一些万古不变的简单操作就能完成的活。常常是做完了一份工作，得了一些工钱，但直到这些工钱花光了还没找到另一份工作。

吴能林没有本事挣钱，却有能力喝酒。喝了酒他的本事就大了，迷迷糊糊的就牛起来了。这时候，对他来说，钱不是问题。酒喝过头了，脸皮也就厚了，没钱还能牛。

在广东糊糊涂涂得过且过地浪了十多年，吴能林两手空空回到了自己家乡所在的城市。大哥说，在这里打工工资低，但只要你踏踏实实地干，吃饱穿暖没问题，按揭买一套小户型的房子也没问题。兄弟姐妹亲戚朋友每人支持一点儿筹够首付款买一套房子吧。有了房子就可能会有老婆。有了老婆，两个人打工，用一个人的工资还房贷，一个人的工资做生活费。如果到最后真的还是没有老婆，你年纪大了，就把房子卖了，肯定会攒上十多万元，带着这十多万元回农村老家养老，这不好吗？反正房子可以保值增值，每个月还的房贷，也相当于攒钱，不会亏的。"

想想大哥说得有道理，吴能林也就认同了，下定决心找工作踏实干。

可吴能林是一个年纪大的小孩子，喝了酒，他就是一个历经沧桑人生经验丰富的"老者"，言行举止老成持重。一旦受了挫折，又自暴自弃，自怨自艾，耍小孩子脾气，说好的买房又变卦了。所以，从广东回来，又过三四年，吴能林仍然是一人吃饱全家不饿的状态。

在农村，父母一般都是随最小的儿子生活的。一般来说，父母也是最疼爱幺子的。父母的疼爱，吴能林也知恩图报，发誓要照顾好父母。可是发誓归发誓，照顾好父母需要有一定物质条件。吴能林都三十多岁了，连房子都没有，耕种十多亩田地，每年的收入能填饱三个人的肚子就不错了。吴能林只好选择外出打工。

吴能林一去就是四五年不回来，连春节这么重大的节日也不回。因为没有钱，也因为三十多岁了还没有女朋友。有一年，父亲病重，到大城市医院留医，他打电话给大哥说："我离得太远，就麻烦你照顾了，你替我尽一份责任吧，以后回去我再更多地孝顺他们。"

第六年春节，吴能林回来了，三叔问他："阿林，去打工那么多年了，攒点儿钱回来给爸妈没有？"吴能林叹了口气说："一言难尽哪！"晚上跟叔伯兄弟喝了酒，他又牛气冲天了，眼蒙眬，头歪歪，说："说老实话，在珠海，老板还被我炒鱿鱼，你老板有钱又怎样？"看他这模样，所有的亲戚朋友都无话可说了。估计他这一辈子就这么过了，没有钱，没有房子，没有老婆，没有一个属于他自己的家，将来父母不在了，他也就只能是孤苦伶仃的一个人了。

那年父亲去世，吴能林很伤心，竟在父亲灵柩前旁若无人地呜呜呜地哭了出来。他说过照顾好父母，可直到父亲去世，也没能让父亲住上一天好房子。他外出打工时，父母仍然住在破旧的砖瓦房里。安葬了父亲，大哥就返回工作的城市。吴能林跟大叔、二叔他们说："大哥也不陪我守一晚孝就回城了，大哥这是不孝……"大叔说："你大哥工作忙。你爸病重的几个月，都是你大哥照顾的。你不在家你不懂。古人说，不孝有三，无后为大，你到现在还没成家，你这才是不孝。"吴能林自觉羞愧难当。

吴能林在家乡所在的城市又混了几年，还是老样子。

一个双休日，大哥打电话给他，手机提示该号码是空号。到出租房找他也找不到人了，房东说他几天前退房搬走了。

两年后，临近春节的一天，大哥开车到乡下老家打算接母亲到城里过年。车到家门，母亲不在，房门被一把大锁锁住。邻居的三叔说："前两天阿林回来把你老妈接走了。听说他在省城买了房子，而且有女朋友来跟他过年了。"

醒　悟

　　花山从乡下来到城里，几个老同学相约在麻烦家里聚一聚，打算明天一起到市民族医院去看望大师兄。

　　花山的这次到来，除了看望在医院留医的大师兄外，好像还有什么事要我们同学帮忙。没有事花山不会跑到城里来的，如果仅仅是看望大师兄，他也会当天来当天回去，从不留宿，毕竟妻儿老小都在乡下。

　　花山的真实姓名叫许多多。十多年前大学毕业分配到江东镇，一直工作到现在。他现在在骆江市江东镇政府工作，当过镇党政办公室主任，现在是文教助理。当年一起读高中又一同考上省城同一所大学，不同的专业却住同一间宿舍的五个同学，现在只有花山一个人还在乡下，其他人都调到城里来了。

　　在麻烦家里聚会吃饭的时候，我问他是不是想搞调动，调到城里来？他见满座都是人，没有说。我猜可能就是这事，不然还能有什么事？几个同学都调来城里工作了，唯有他一个还在乡下，不是这事能有什么事？听木瓜说，花山在乡下过得不如意。

　　其实，读大学时，花山成绩是很好的。我和花山同是学中文教育的，木瓜学历史，麻烦学行政管理，邱巴学财务管理。那时在学校，体育课老师教太极拳，课后我们就在宿舍里练习。许多多因为又高又瘦，四肢像没有叶子的枯枝一样，练太极拳的动作不像太极拳，却像左江花山岩画上的人物图，于是我们便叫他花山。麻烦姓樊，因他脸上有很多麻点，故而得名。木瓜姓黄名京生，他个性沉静、木讷，平时只顾埋头看书，书呆子一个，脸形像木瓜，我们叫他木瓜。只有大师兄不是我们的同学，他是上几届的毕业生，毕业后自主创业，为社会做出了突出贡献，成为优秀青年企业家，被邀请回到学校做报告，我们才认识的。还在校时他就住我们当时住的那间宿舍，他应邀回校做报告，就回宿舍重温旧梦，我们成了好朋友，他是优秀校友，我们叫他大师兄。

再说花山吧，他个性沉稳、乐观，学习成绩一直是优秀的，每年的奖学金，他都能拿到至少二等奖。读高中时，我们几个都是优秀的，市重点中学文科尖子班，前十名我们占了五名，花山是前三名之一。高考时我们相约报省城同一所大学，为了十拿九稳，我们分别报考不同的专业，结果真的考上同一所大学。我们又搭上大学毕业包分配的末班车，回到家乡，由市人事局分配到不同的单位，花山便被分到江东镇政府，我被分到民族中学当语文老师。

晚餐后，麻烦的爱人带十岁的儿子出去了，剩下我们几个同学一边喝茶一边聊天。我问花山，这次到城里来，有什么事呢？

他说他在乡下做得不顺。十多年了，乡镇机关的领导换了一批又一批，年轻干部提拔的提拔，调走的调走，唯有他现在连个副科都不是。"今年年初机构改革，镇机关要减员增效，我又被调到镇直单位。我勤勤恳恳工作，老老实实做事，反而得到这样的待遇。我不敢偷懒，也没有得罪别人。可就是事业没有什么进步，我也不知道为什么。我这次来，想跟你们请教请教。干事创业，谁不想进步？谁不想有成就？在乡下，我是一个兵，一个受人支配的角色，工作繁重，压力很大。要不，就调来城里，你们在这里有门路，你们帮帮我啰。"花山说。

听了花山的话，我们都觉得不公平，也感到愤慨，但我们也没有办法，毕竟社会上的事没有绝对的公平。至于调动的事，我们都愿意帮他，也想帮他。

第二天中午，我们到医院看望大师兄。

大师兄已经骨瘦如柴，几乎没有了人的模样，说话已经是有气无力，声音像蚊子，听都听不清。见到我们进去，眼泪立即从凹陷的眼角流出来。他弟弟告诉我们，他晚上都说梦话了，说明脑子已经乱了，估计将不久于人世了。

从病房里出来，花山默默地走到停车场，上车，离开医院，一句话也不说。

回到麻烦家，麻烦的爱人已准备好午餐，花山一边吃一边说："昨晚跟你们说的事就算了吧，就不麻烦你们了。"听他这么说，我们几个面面相觑："为什么？昨晚喝醉啦？说醉话啦？"

花山叹了一口气说："刚刚看望了大师兄，我心里震动很大。人生短短几十年，一眨眼就过去了，像大师兄，也许说没就没了。而我们这么拼命去追求这种虚无功名利禄，有什么意思？命里有时终须有，命里无时莫强求，回去我做我的事，平心静气，知足常乐，平安健康才是重要的。"

匆匆吃了午餐，花山赶去车站坐快巴回乡下去了。

密□码

一只无人认领的鸡

第三单元门前花坛的花丛中不知什么时候冒出了一只鸡。这是一只土鸡,毛色鲜亮,两脚细小,爪子又尖又长,两只小眼睛一闪一闪地眨,非常机灵。它不时昂起头来,左顾右盼。

住在这个单元里的人们都感到奇怪。

"该不会是神仙显灵,派遣神鸡来给百姓送福禄吧?"住在七楼的陆伯母说,"今年是鸡年,有鸡来到我们单元门前,我们这个单元的人今年一定是个个行大运啦!"

人们进进出出,都觉得神奇。已经过了一个星期,这鸡就在花坛的美人蕉下逗留。没人来认领,这鸡也没有离开花坛跑到别处去的意思。

陆伯母还说,你们别不相信,老一辈的人就流传有"猪贫狗富"的故事,就是说,如果平白无故地有一头猪闯进你家,你要是把猪圈养起来当作是你家的猪,那么这一两年内你家必定有钱财流失;但是如果有一只狗无缘无故来你家,那是你的福气,你不嫌弃它,不把它赶走,这几年你家一定会发财。

"那样的话,这只鸡没有人认领,就归你啦!"

"我不要。不是我的东西我不能要。"

"邓叔,这只鸡是你的吧?"有人问邓叔。

"不是。我都好几年不养鸡了。"

单元门口左边的杂物房是邓叔家的,以前每年的春节前,邓叔都在杂物房里养几只鸡,准备过年。

到底是谁家的鸡呢?怎么那么久都没人来认领呢?

二月初二龙头节将要到了,也许鸡的主人打算用这只鸡过节呢。

这只鸡出现的第二天，陆伯母就拿来一个菜盘，放在那丛美人蕉下，在菜盘里放了些剩饭，喂鸡。这鸡也毫不客气，高兴地吃了。陆伯母也认定这只鸡一定是神鸡了。得罪谁也不能得罪神鸡，还要把它供养起来。

只有邓叔反对陆伯母，说陆伯母迷信。邓叔原来是科技局的干部，去年刚退休。他说："世界上哪有什么神仙？要相信科学，不要迷信。一只鸡，不是从天上飞下来的，肯定是从我们这个小区的哪个人家跑出来的。目前还没有人认领，我们就帮忙喂着呗，出不了几天，肯定会有人来找的，马上就要过节啦，丢鸡的人能不找吗？"

邓叔也拿出一小袋玉米粒交给陆伯母，说是他以前养鸡剩下的，没用了，让陆伯母喂鸡吧。

这个单元里，哪家有了剩饭剩菜，都主动拿来喂鸡。

陆伯母是最认真喂养这只鸡的人。她也退休好多年了，待在家里没事干，闲着也无聊，就主动担当起喂养这只鸡的责任了。

楼长也对陆伯母说："这只鸡没有主人，你那么负责任地喂养它，干脆归你所有算了，过节你抓去杀了吧！"

陆伯母说："不是自己的东西不能要。"

住在这栋楼里的人每天上班下班，进进出出。每个人都知道，单元门前来了一只鸡，人们已经习惯了这里有一只没有主人的鸡。

一天中午，人们下班回来，没看见花坛上的鸡。在花丛里找找，也没有，那丛美人蕉下面的菜盘还在，盘里的剩饭拌米糠也还有不少。鸡不见了。

是不是鸡的主人抓走了呢？似乎人们都有一种怅然若失的感觉。

有人说，明天就是龙头节了，是哪个人抓去准备过节了吧？

邓叔从楼上下来，他说："可能是七楼的陆伯母抓去了吧？问她一下不就得了？"

看见楼下一群人在议论什么，陆伯母也下来了。

于是就有人问陆伯母："是你抓走了那只鸡吗？"

陆伯母大声嚷嚷说："没有哇，我拿这鸡去干什么？不是我的东西我是不会随便拿的！"

她以为别人怀疑她，就大声辩解。

"是不是邓叔抓去了呢？"

"胡说八道！不是我的东西我不会要的。你喂鸡那么卖力，我怀疑是你拿的。说我抓走了鸡，你是想转移大家的视线吧？"邓叔这么一说，大家都向陆伯母投来异样的目光。有人还说，是你拿了就承认呗，反正鸡没人认领，你又辛辛苦苦喂它，你拿去了大家也没有意见的。

陆伯母说："我……我……没有这回事……我真的没拿啊……"她无从辩解，急得满脸通红。

楼长来了，了解了情况，说："一只鸡而已，谁抓走了就抓走了呗，没必要争执，也不必怀疑是哪个贪心，邓叔和陆伯母两个人都认真喂养过这只鸡，我们大家谁有了剩饭剩粥都拿来喂鸡，但他们都说不是自己的东西不拿，他们说的应该是老实话。"

楼长这么一说，大家也就不再说什么。聚集的人们纷纷散去，没有人再注意到这只鸡的去向。

龙头节过后第二天中午，人们下班回家，又看见那只鸡回到了花坛的美人蕉丛下。

乡下人

周文星就像是刚从地里扒出来的农作物，满身都是泥土味。

乡下人都是这样。

可周文星是个有公职的人哪，他是乐州镇岜吉小学那安校点的教师，岜吉小学副校长。

周文星是非常乐意做这个工作的。世世代代脸朝黄土背朝天的周氏家族，能出一个这样的人才，实在是不容易。周家出人才了，这是周家祖上积下的阴德吧。周文星高中毕业，回到村里当上了民办教师，后来考上了中等师范学校，读了两年的师范，毕业时又主动要求回到村里继续当小学教师。

回到自己家所在的村小学任教，周文星又成了乡下人，吃农家饭，干农村事。他所教的学生都是乡里乡亲的农家孩子，乡亲们对他则关爱有加，尊重敬佩不已，而他也没有辜负乡亲们的殷切期望，努力教好每一个孩子。由于周文星做事认真，成绩突出，不久就当上了副校长。

而在当副校长之前，周老师就收获了村花的爱情，他的高中同学嫁给了他，他喜获爱情和事业双丰收。

教育局派人来到学校征求他的意见，要把他调到教育局工作。本以为周文星会非常畅快地答应，可没想到，周文星却非常畅快地告诉来访的领导说："不去。"

教育局的领导想不通，亲戚朋友想不通，父母也想不通。乡亲们猜想，他是恋着"副校长"这个职位而不愿去城里工作的，而且"副校长"这把交椅可能不久将会摆正。还有，他也离不开貌美如花的妻子。

亲戚朋友们都骂他傻。

其实，他就是不想违背自己许下的诺言。他也舍不得学校的孩子们，不能辜负父老乡亲们的厚爱，毕竟他们这个村子太穷了，父老乡亲和孩子们太需要他了！

世事不会因为某一个人的执着而凝固不变。那时，农村学校撤并大潮正汹涌着，校点并到村中心校，甚至村中心校也因为生源少而撤并到乡镇中心校。周文星就在这次学校大撤并中被调到了教育局。

在教育局干了一年多，周文星又被调到市教科所。虽然调到城里工作已经好多年，但周文星身上始终有一股浓浓的乡土味，每到周末或节假日，他都要回乡下，因为乡下有他的父母和兄弟姐妹，有对他尊敬和深爱的乡亲。一有时间他就往村里跑。于是，在人们心目中，一个很久不用了的词又冒了出来，贴在了周文星身上，那就是：乡巴佬。

说来也巧，有关部门在安排各单位与乡村实行"一对一"结对共建时，正好安排市教科所挂点联系周文星的家乡乐州镇岂吉村，教科所要派一名干部担任新农村建设指导员。于是，周文星要求回自己的家乡任新农村建设指导员。单位领导没批准，说："你承担的教研项目还没完成，不能去，等任务完成了再去。"

年底，周文星所带的教研组顺利完成了承担的教学研究任务，但领导却没有要把他派下乡去，把原来已派下去的小黄换回来的意思。

第二年初，周文星与小黄协商，小黄回单位工作，周文星去接替他驻村。

有关部门对当年的下乡驻村人员做了一些调整，其中也批准了周文星下乡驻村的请求。后来单位领导知道了，便狠狠地批评了周文星，说他不服从领导的工作安排，擅自与小黄调换工作，要严肃处理。最后，因这件事并没有造成什么不良的影响，纪检组对周文星免于处罚。

一些同事笑周文星"土"，亲戚朋友骂他傻，多少人削尖脑袋往城里钻，而周文星却千方百计往农村跑。很多人都不理解。

时间像流水一样很快地流走了，转眼又过了一年。这一年，周文星又领衔主持了一个教科项目，而任务也在当年按时完成。虽然没被派去驻村，但周文星仍然一有空就往乡下跑，往村里钻。

后来有人发现，周文星跑到乡下，多是往学校里去，与当年的同事老师们交往，当然也与其他村民来往密切。

后来，同事们在教科所订阅的教育类杂志上读到周文星发表的多篇论文，这些论文都是探讨农村教育问题的。同事们也经常在各种报刊上读到周文星的散文。

周文星始终没有被安排下乡驻村。

前年，乐州镇邕吉村被列为贫困村，挂点联系单位要派一名干部担任驻村第一书记。市教科所七名在职在编人员中除了三名领导是党员之外，其他四人只有周文星是党员。因此，周文星被派驻邕吉村任第一书记。

一心往乡下跑，愿做乡下人的周文星终于如愿以偿。

药　方

他右手按了按上腹部，额上浸出一层薄薄的汗。肚子不是很痛，只是刚才上腹部偏右的地方疼痛两下，像闪电般，很快就消失。虽然只是闪痛，却让他惊恐了一阵子，脸色有点儿苍白，带有点儿红丝的眼睛掠过一丝慌乱。

他想："难道我的身体真的出了问题啦？"

不是他怕死，他还有太多的事情没有完成，有太多的工作要做。

不必说那么远，单说近来的工作，就让他连生病的时间都没有。刚刚完成了村"两委"选举，接着又要进行县、乡换届工作，基层组织建设一刻也不能放松，还有精准扶贫，等等。基层干部的工作，不容易。

每天忙碌的时候，感觉身体没事，全身舒适。才四十多岁的人，正年富力强，身体状况良好。好像刚刚过了磨合期的机器，运转很正常。可是晚餐过后，肚子就隐隐约约地痛，特别是晚上，半夜里醒来的时候，他就心慌意乱，心怦怦乱跳。如果自己是被痛醒的，他就更加害怕。躺在床上，他不敢闭上眼睛，生怕眼睛一闭，一辈子过去了。这样一怕，心就跳得更加厉害，再也睡不着。而白天没事，特别是忙碌做事时，什么病啊痛啊，死呀生啊，都在九霄云外。

明天得去医院认真检查才行。早查早发现问题，还有希望！也许问题不大！

可是第二天起来，上班，做事情，感觉良好，又不想去医院了。

"骆兄弟，你怎么啦？看你脸色不太好，是不是身体有状况啦？"单位的同事陆海军发现他神色不对，问他。

"没事，没事。"

"身体不舒服的话，就去医院检查一下。身体是革命的本钱哪，马虎不得的哦！"

星期六，上午，他去了医院。超声波仪器的那把刮子在他的肚皮和两肋、后腰的两侧刮来刮去，不一会儿，结果就出来了，肝、胆、肾、胰、脾正常。第二天，血液检查结果也有了，密密麻麻的数据后面，有几个字，正常。

虚惊一场！

一颗悬在喉咙口一年多的心回归到了它原来的位置，就像一块石头落了地。

医生告诉他，上腹部疼痛，不一定是肝的问题，肝实质内是没有神经细胞的，一般不会感觉到疼痛。估计是胃的问题。也许什么事都没有，是你工作太劳累了，压力太大了，自我感觉身体出了状况而已。

听医生这么说，他心里踏实多了，好像腹部也不那么痛了，每晚都能睡得好一点儿，至少醒来不再慌张，不再恐惧。

没有了病痛的思想负担，他就更加放心地工作。他每天都有忙不完的事情。

第二个星期六的早上，他联系帮扶的江东镇那陶村的贫困户杨光军打电话来，说他养了一百只鸡、两头牛，种了两亩蔬菜，要申请扶贫补助资金，让骆左明去帮忙核实、证明一下。骆左明舍不得休息，坐摩托车下乡去了，一去就是大半天。

身体检查"正常"过后两个月左右，他又觉得身体不舒服了。先是发高烧39℃，三天时间里，高烧不退，让他以为自己不行了！接着脚踝骨痛了一个星期，肿痛消退了。后来又是拉肚子。之后，还是上腹部疼痛。他怀疑医生检查不够认真，没有发现问题。曾经有个中学老师八月份参加学校组织的统一体检，十月份就发现了肝癌，已经是中晚期了。

他越想越担心。但想到医生说肝脏一般是不会疼痛的，他才稍稍得到一些安慰，心情就好转过来。

看来胃病是肯定有了，只是不知道病情到了什么程度。希望不是太严重！

还在乡镇工作的时候，每天起早贪黑，抓计生，抓农业生产，抓治安，常常饿着肚子进村入户。做农民群众工作，你不早去，就找不到人的。做群众工作，就得和群众打成一片，农民群众都很好客，男人们都喜欢喝两杯，你想密切联系群众，就得跟他们喝酒。饥饿，空腹喝酒，胃病就是这样养成的。

抽空再次去医院，做了胃镜、肠镜。

检查结果出来了，是轻度胃炎，问题不大！医生说，小胃病，几乎每个人都有，吃东西注意点就行，不必用药。

他还是不放心:"可是我感觉整个腹部很不舒服,经常隐隐作痛。一旦出现这种状况,心里就很害怕。还是给开些药吧!"

医生唰唰唰在药单上写下了两行字:辞去职务,减轻压力;平和心态,注意饮食。

他手拿着药单,心里却犹豫着,要不要遵照医嘱呢?

契　爷

领导称呼他为"契爷",他受宠若惊。

契爷就是关系特别好的朋友,比铁哥儿们还铁的那种,跟结义兄弟差不多,有不求同年同月同日生只愿同年同月同日死的那种意思。所谓契,就是契约,有用法律的形式约定下来的意思,够铁了吧。当然,以前结拜契爷就是过年时一方提上一只大阉鸡到另一方家中拜年,喝过结拜酒,契爷就结成了。

凭什么领导把他称为契爷?国安不安了,心里产生了疑虑。

其实,国安和领导早在十多年前就认识。当时还在乡下,国安在镇文化站工作,而领导则是在相邻的另一个乡镇的中学任教,国安有个好友也在那所中学任教,国安经常跑到那里去,与好友喝茶喝酒。每次喝酒,好友也邀请同事们一起,推杯换盏中,国安认识了现在的这位领导,酒酣脸红时,大家揽腰攀肩,称兄道弟,呼朋唤友。

但,国安和领导之间,还没达到契爷的程度。因为,酒醒过来,你还是你,我还是我,一个普通得不能再普通的朋友而已。

国安是从一个与文化教育宣传有关的部门调到现任领导的部门的。

既然以契爷相称呼,国安也就顺势领下这个人情了。

可能领导也是真心实意的,并不是为了什么目的而称呼他为契爷。国安反过来这样想。

这时候,正有一项比较重要的工作任务布置下来,县里组织一个工作组到东康镇实施耕地小块并大块、大块连成片的高产农田示范基地建设。领导安排国安担任本单位工作组的小组长,带领工作组七人,下乡开展工作。国安毫不辜负领导的期望,扎实工作一个多月,非常出色地完成了领导交给的工作任务。这项任务的顺利完成，成为本单位今年最突出的工作亮点。

这个很耀眼的工作亮点，领导是知道的，也默认了。领导的脸上洋溢着笑意，在一次全体干部职工会议上肯定了工作组的工作成效，但对契爷，并没有什么表示。

后来，每有重要事项，领导也经常安排国安参与。国安也从不推托，事情也办得不错，绝不辜负众望。

年末的一天，办公室通知国安，让他提交一份工作总结，以及个人基本信息，单位要推荐他为市级先进个人。

不久，市级年度评优评先结果在报纸、电视上公示，拟表彰的几个先进项目上百号人的名单中没有国安，而单位里的另外两个人的名字却赫然在列。

国安心里一时困惑不解。

第二年春节前半个月，国安的父亲突发脑出血住进了医院，当天又转到重症监护病房。领导知道后，打电话安慰国安，他告诉国安，在父亲住院这个事情上有什么困难可以跟他说，他一定尽力帮助解决。

国安满口说着感谢的话，可在心里却打问号，领导能帮解决什么困难？本来，困难肯定有，农村人生大病住进医院，"新农合"报销后自己负担的那部分医药费还是一个不小的数目，钱从哪里筹集？这就是一个困难的问题。国安还要负责父亲的一日三餐，可能对工作有一定的影响，这种困难能解决得了吗？

国安的堂弟国康在微信"水滴筹"平台上发布了筹款信息，一时间，亲朋好友以及他们的亲朋好友纷纷伸出援手，还有很多很多有爱心的人士也都踊跃捐助，一元两元的，十元二十元的，一百两百元的，都汇集到"水滴筹"平台的账上，仅一周多时间就筹到了两万一千多元。国康跟国安说：有一个网名为"上善若水"的人捐了两千元，不知道具体是谁。国安查了自己的微信朋友，网名为"上善若水"的微信朋友有两个，可电话去问他们，都说两千元不是他们捐的。是谁这么好心，捐了那么多钱？国安也多次在这类平台上捐过钱，可一下子捐两千元的，在平台上确实没见过。国安百思不得其解，但在心里却留下了一个美好的影像，就是，他交到了一个好朋友！

国安把这件事跟重症监护室负责监护他父亲的护士说，护士听了，哈哈大笑起来，说："是我中学时的老师叫我帮捐的。"国安问她："你老师是谁？"护士说："是李文强。前几天他来，说要看望一个同事的父亲，你不在，就把钱交给我捐到平台上。这几天我都忙，忘了告诉你。""哦！李文强是我们的单位领导，还是我友仔呢。"

周六晚上，国安登门拜访李文强，向领导当面道谢。李文强说："我没能帮你什么大忙，而你在工作上却给了我很大的支持，我也就捐两千块钱支持你一下而已，谁叫我们是契爷呢。"

正好李文强的父亲也在，聊起了国安的情况，说到国安的父亲，李文强的父亲惊讶地说："这么说，我和你父亲也是好朋友哦，当年县糖厂建成投产，我们是第一批临时工，一干就是五年。我和你爸同住一间宿舍。可惜后来临时工全部被解散回农村了。"

牛肉粉

卢江镇是一个大集镇，卢江街是大集镇的中心，全镇十五万人口，一般都到这里赶集，从这里买回家里需要的日用品，也将家里自产的农副产品搬到这里出卖。

传统的习惯是三天一街。每到街日，这里真是热闹极了。农闲的人们来到这里，买的买，卖的卖，吃喝玩乐。

今天又是街日。中午的时候，三爷才来到这里。他刚从邻村的一个丧家直接过来的，打算要买些化肥回家，准备过完年开春耕种就用。

临近春节的街日，街面上比往常热闹多了。虽然天气有点儿冷，还下着一点儿小雨，但也阻挡不了人们赶集买卖的热情。

饮食街两边，牛肉粉店、羊肉粉店、鸡肉粉店、快餐店、大排档一家连着一家，排成相对的两行。赶集的人都来这里，有的吃粉，有的吃快餐，比较闲一点儿的，碰上几个契爷，高兴起来，聚在一起喝两杯，暖暖身子。

来到饮食街，三爷觉得肚子饿了。满街的饭菜香味刺激着三爷的食欲。三爷走进一家粉店，大厅里摆着八张饭桌，一个柜台面向大门横在中间，柜台里边，便是操作间。煮粉师傅其实就是老板，他正忙碌着煮粉或烫粉，老板娘坐在柜台边收钱。

"这里有什么粉？"三爷走到柜台边问。

"牛肉粉。"老板娘回答。

"哦！"三爷看了看，就走了。

三爷到街上逛了一圈。

这街道真宽。三爷想，虽然是一个农村集市，却很宽，占地面积上百亩，商店、圩亭横成行，竖成列，整整齐齐。肉类区、蔬菜区、熟食区、成衣区、活禽区、小五金等经营区域划分得清清楚楚，集市上各种商品琳琅满目，应有尽有。当然，这里最有名气、远近闻名的要数牛肉粉了。

　　这里的农村因为耕种需要，所以养牛的人多，家家户户都有牛，有的一家就有几头牛。牛肉便是这里的老百姓餐桌上的主要的肉菜之一，牛肉粉则因此而闻名乡里，成了这里的特色小吃。在这集镇上的十多家牛肉粉店中，这家名叫"周记牛肉粉"的店做的牛肉粉最有名。他们用牛骨配上十几味中草药和配料熬汤，熬出来的汤味道极其鲜美。煮粉前先把牛肉切片渍好，煮粉时舀一勺牛骨汤放在锅里，待汤煮开了，把渍好的牛肉放在汤里煮几分钟，再将米粉放下去翻烫一下，起锅入碗，交给顾客。顾客吃了，觉得好吃，啧啧称赞。粉好吃，回头客也多，通过回头客一传十，十传百，来赶集的人都想来这家店吃牛肉粉。

　　三爷在街上逛了二十多分钟，又回来了。

　　"老板，你们这里煮的是什么粉？"三爷明知故问。

　　"牛肉粉。"煮粉的老板忙碌着，没空多看三爷一眼，老实而简单地回答。

　　"哦！"三爷摇摇头，转身，又离开了。

　　三爷走在街上，肚子开始咕咕地叫了起来。听人家说，这家粉店的牛肉粉在这街上最有名、最好吃，传得那么神奇，而自己却没能吃过一回。这次，三爷一心想尝尝这家粉店的牛肉粉。

　　十多分钟后，三爷又走进这家粉店。

　　"老板，你们这是什么粉？"

　　"牛肉粉！"老板还是硬邦邦地回答。

　　"喂喂喂喂，你到底卖不卖粉？"三爷一下子火冒三丈，"我看你们是不会做买卖的哦？"声音一下子提高八度，听上去像在骂人了。

　　老板和老板娘被这突如其来的一喊弄得愣住了，莫名其妙地你看我，我看你，不知所措，引得大厅里吃粉的人都往柜台这边看。

　　三爷骂了几句，气冲冲地走开了。

　　正在吃粉的几个人告诉老板说："刚才这个人是岜弄村的道公，专门给去世的人做道场，唱颂歌，做法事，人家都叫他三爷。做道公的人都信神信鬼的，是不能吃牛肉的，这是他们这一行的禁忌。如果吃牛肉，他们做的法事就不灵了。"

另一个人说:"刚才他问你是什么粉,你说羊肉粉就得啦。三爷他想吃牛肉粉,但能吃不能说,这样就只有你知我知,而神不知鬼不觉了。他来了三次,问你什么粉,你都说牛肉粉,所以他不敢吃,就生气了。"

听了这几个人的话,老板这才松了一口气。

谁骑走了我的电动车

中午,一轮火球高挂空中,街边的绿树耷拉着脑袋,树叶低垂。

我急急忙忙将电动车停放在江南市场路边的一棵树下。

当我从超市出来,伸手往口袋一掏,突然心里一紧。咦,我的车钥匙呢?再一想,刚才忘了锁车了。这鬼天气把我一停车就上锁的习惯给晒化了。不知道车还在不在呢?

赶到放车的树下,一看,我的电动车不见了。

是谁骑走了我的电动车?

这辆爱玛电动车刚买不到半年,三千六百多块钱,我一个月的工资交给了车行的老板,现在这车却给了贼,真气死人了!

街上没有一个人,只有马路对面报亭里的老大爷坐在那里打盹儿。出租车也不出来兜客。没了车,怎么回去?

我问报亭里的老大爷,他说:"刚才有个戴眼镜的青年,从百家惠超市里出来,急急忙忙的,好像有什么急事,他不停地往路两头张望,像是要等出租车的样子,后来就推出一辆电动车,向西往水口湖方向开走了。"

这时,一辆巡警巡逻的电动警车开过来,我把情况报告了巡警,并让巡逻车带上我向水口湖方向追去。巡逻车沿着沿山路奔驰,路上没有人,巡逻车飞快。

当我和两名巡警经过江南第三小学大门口时,发现我的电动车就停放在大门内保安室旁边。

找到我的车,我喜出望外。

巡逻车开到学校大门口,保安战战兢兢地开了门。

"这车是谁骑过来的?"我问保安。

"是一个姓黄的老师。"保安告诉我,"他刚来到,现在在宿舍里。"

白花花的阳光塞满了静静的校园。除了门口的保安,校园内看不见一个人。

是黄老师把我的车偷来到这里?为人师表的老师,人类灵魂的工程师,也会干这种勾当?

车子找到了,我的心情很好,不想再深究偷车的人,但我却想知道这个黄老师为什么把我的车开到这里来。

保安领我们来到老师宿舍。

一位四十多岁的阿姨迎了出来,既惊且喜,同时用很不满的口气说:"哎哟,梁家长,你儿子刚才得了急病,我打你手机你关机,真急死人了,我报告了学校领导,把班主任黄老师叫来了。"

我急忙冲进老师宿舍,看见我儿子静静地躺在老师的床上,班主任黄礼东就坐在床边。看见我急匆匆进来,黄老师伸出食指竖立在嘴唇边,示意我安静。

我看看没事,向巡警道了谢,让他们先走了。

黄老师站起来,和我握了握手,把我拉到外面,说,刚才孩子晕倒在球场上,估计是中暑。校医看过给他喂了药,现在没事了,休息一会儿就好了,只是他身体虚弱了些……

这时,我才认真地打量着眼前的黄老师,我儿子的班主任:二十八九岁的样子,修剪得平平正正的短头发,清瘦的国字脸,白白净净的,一介书生模样,但并不文弱,眼神里透着一种坚毅果敢,一种责任担当。

在门口,那位阿姨说:"梁家长啊,今天多亏黄老师及时赶到。看到小孩子晕倒在球场上,脸色苍白,不省人事,我们都慌了。老师们都回家去了,我们几个生活老师管一百多个内宿生,发生这样的事,真不知道怎么办呢!幸好还能联系到黄老师,而打你手机却是关机的。"

我掏出手机一看,确实是关机了。

原来,中午放学中餐时间,我儿子和几个同学吃了一点儿饭就到球场上打球。由于天气很热,结果就出了这样的事。

拉着黄老师的手,我不停地道谢:"太谢谢您了!真是太谢谢了!"

算一卦

　　张山的小汽车驾驶证考了一年多，还没考下来。主要问题是科目三路考，屡战屡败。

　　张山是中学教师，考驾照一般只能利用假期练车。四十多岁的人了，手脚都有些僵硬了，操控汽车敏捷性比较差了，可还得考驾照，不然就落伍了。现在家家户户都有小汽车，不会开车真的是跟不上时代了。张山不想在时代的后面吸"灰尘"，就报考了驾照。

　　科目一、科目二很顺利地考过了。

　　科目三路考的前几天，驾校教练开车带上张山等四名学员到考试路段去，统一指导一轮后，每名学员练习一次。

　　科目三只练了十多分钟，张山就匆匆上阵了，结果，第一次考试的两次机会，张山考砸了。

　　回来继续练习了两个星期后又到了第二次考试。张山以为能很熟练地驾驶汽车了，没想到在直线行驶加速减速环节上手忙脚乱，导致驾驶车辆行驶线路不直，车速不稳定，挂了。一个小时后，张山再次上了考试车。顺利到了直线行驶加速减速路段，张山想到刚才的失败，心情立即紧张起来，脑子里一片混乱，手脚不听指挥，结果还是挂了。

　　从此以后又经过了第三、第四次考试，张山都以失败而告终。每次和兄弟朋友们聊起科目三的考试，张山都心有余悸，口口声声说："真的太难考了。"

　　一日，花山、骆左仁等几个朋友在邱巴的崇善书院喝茶，打电话叫张山过来，张山说："在练车。后天又要考科目三，考了那么多次考不过，都怕了。"

　　骆左仁说："我最近跟一位大师学了《周易》八卦，我用梅花易数帮你算一卦,看这次考不考得过。你随心报三个数字给我。"

十分钟后,骆左仁兴高采烈地打电话给张山说:"这次你一定能考过,算出来的下卦是巽卦,属木,上卦是离卦,属火,木生火,大吉。你放心去考吧,肯定过。"

第三天晚上,张山约花山、骆左仁再到邱巴的书院喝茶,向大家报喜:驾照考过了。

骆左仁说:"其实那天算出来的卦,是水克火,大凶,你肯定是考不过的。"

张山说:"是吗?可是我考过了呀,非常顺利,一百分!"

难　题

吴文君内心感到十分矛盾和烦恼。

周三中午，儿子从学校打来电话，问查询到他的段考成绩了没有，并叮嘱说："你查到了考试成绩千万要冷静哈！"

吴文君说："为什么要冷静呢？考砸啦？不要紧的，一次考砸不等于永远考砸，失败是成功之母嘛！不要因为这次的失误影响以后的学习，放心吧！爸肯定冷静的。"

儿子很懂事。

儿子读书很用功，每次考试，就好像他是命题的人一样，考得很好，从小学到初中，考试从来没有失败过。

正因为儿子太优秀了，这才让吴文君心里矛盾重重，犹豫，烦恼。他不想伤害儿子，更不想毁掉儿子。可这个家，这个家里的女人，他的妻子却让他伤透了心。他想向这个女人摊牌，他甚至想好了跟儿子谈这个问题的台词：儿子，爸对不起你了！我们这个家散伙了，这是迫不得已的事情，爸没能给你妈妈所需要的浪漫和幸福，所以只能这样了。你以后还是一如既往地努力读书，不要因为我们家没了就颓废。爸还是爱你的，爸会始终千方百计供你读书的。相信你妈妈也还是爱你的，而你姐姐会更加宠你疼你。我们家分开以后，你一下子却拥有了三份更加亲密的爱，你有什么理由颓废呢？

每想到这儿，吴文君都泪如泉涌。他是因为没能给儿子一个幸福的家而伤心不已。

当天下午，吴文君通过学生成绩查询系统查到了儿子的考试成绩，初中二年级八个科目的总分是639分，总成绩A等，有两个科目成绩差一点儿，只是

B+。这个成绩确实比以往差了，以往每次考试，所有的科目都是 A 等。吴文君知道这次段考，儿子考砸了，所以，儿子很懂事地提前告诉父亲，查到成绩后冷静。

吴文君又通过其他家长了解到，全班 55 个学生，八个科目全 A 的有 45 个人。可想而知，儿子的成绩有多差哦！估计在班里排名到 46 名以后。

知道儿子考得不好，吴文君并没有不冷静，只是心里五味杂陈，无比烦恼。

晚自习下课后，儿子再打电话来报告准确情况的时候，吴文君问了是不是考题很难的问题。儿子说，确实这次考试，考题有点古怪，难度偏大，加上他这半年多来上课老是心神不定，注意力无法集中。

吴文君知道儿子这半年多来状况不佳的原因，他感到难过。都怪自己工作太忙了，为了多挣点儿钱，积极主动加班加点，经常连夜把货物运往外地。半夜把货物运往外地是货运人的常态，因为半夜路上车少，不堵车，晚上走二级路又可以省一笔过路费。因此，对儿子就疏于关爱和管教。而妻子是一个没有文化的人，对儿子不知如何管教，更没能力辅导，每天下班回家就知道弄吃的填饱肚子就完事了。特别是儿子上小学六年级这一年，吴文君经常在晚上十一点钟回到家里的时候，不见妻子，只见儿子一个人在书房写作业。原来，妻子染上了打麻将这个恶习，打牌之后又去歌厅唱歌，逐渐变成一个追求"浪漫"的人。这半年多来，有很多次约好了晚自习下课后去学校给儿子送夜宵，结果她去唱歌、去打牌，让儿子半夜里饿着肚子睡不着。儿子正是长身体的时候，单靠每日三餐是不行的。晚上睡不好，白天上课就分心了。吴文君看着妻子的这些变化，也多次好言相劝，可妻子依然我行我素。劝告多次，她都不听。不仅不听，反而反唇相讥："我每天辛辛苦苦，下班回来又要煮饭烧菜，我出去玩一下，唱唱歌，不行吗？你对家里的事又有多上心？你一天从早忙到晚，你又关心过我吗？"争吵渐渐多了起来，还动了手。要不是儿子，这个家早就散了。

吴文君在矛盾和烦恼中努力维持着这个家的完整和稳定。但是，如果儿子的学习成绩从此一落千丈，并且再也振作不起来，这个家也许真的没有存在的意义了。

星期五下午儿子放学回来，在外地读大学的女儿也因为这些家事特意坐飞机赶回来，一家人少有地聚在了一起。晚上吃饭的时候，女儿跟儿子就聊起了这次考试，儿子说，学校公布考试成绩了，我虽然有两个科目是 B+，但是我的总分是 639 分，排在全班第十二名，全年级第十三名。其他同学虽然八科全 A，但分数不够突出，所以排名一般般。

农村人上街

根生今天要上街买东西。

太阳刚爬上树梢露出笑脸的时候，根生就来到了街上。

春种刚刚完成，正好今天是街日，赶街的人比平时多。卖的卖，买的买，还有闲逛的，很热闹。

根生折进一家亮丽的专卖店。这是一家女性内衣专卖店。店里只有两个漂亮的姑娘，是售货员。其中一个还兼职当老板，肯定是。根生想，还好，没有人，要不，真的不知道怎么开口买东西。看见店里没有客人，根生就不再觉得难堪了。

专卖店装修漂亮，光滑的地板，雪白的墙。一排排货架上整整齐齐地挂满了各色各样的胸罩和内裤，吊顶上的 LED 灯挥洒着柔和温馨的白光。

根生一边认真地看看，一边用手摸摸。

"老板，这衣服怎么卖？"

"这不是衣服，是文胸。"

根生心里还是有点儿慌张，没听清楚售货员说的话，只听到后面两个字"文胸"。

根生急忙说："我不是问空，价钱合适我真是要买的哦！"

"文胸"和"问空"在广州白话里同音，问空就是只问不买。根生向收银台那边看了一眼，看到那两个姑娘表情冷漠，对他爱搭不理的样子，以为售货员说他只问不买，所以连忙辩解。

根生今天上街，老婆叫他帮买两套内衣、内裤。早上出门时，老婆再三叮嘱，要中号的，要记住，别把这事给忘了呀。这不，根生来到街上，第一件事就是先帮老婆买内衣、内裤。老婆不来，因为老婆今天要给甘蔗施肥。

在村里，青壮年人都外出打工去了，只有中老年人和孩子留守村子。根生夫妻也出去打了几次工，但由于没读过几年书，所以打工干的都是体力活，比干农活还累，没有自由还挣钱少，只好回家种甘蔗。

根生看上一种带有花边的文胸，非常好看，做工精致，针脚细密。

"老板，这件多少钱？"

"五百块。"

"什么？五百块钱一件内衣？"根生简直不敢相信自己的耳朵。

收银台那边的售货员看了看根生，估计根生买不起这么昂贵的文胸，就懒得再搭理根生。

"咦！才巴掌那么大的一小片布，要五百块钱，要是一整件衣服，不就要几千块钱了吗？"

根生实在不理解。

"你也不看看，这是什么材料做的。还有这质量，多好哇！你女人戴上去，柔软舒适，又漂亮。一句话，好货不便宜，便宜没好货！你没钱买，就别在这里啰唆，一个大男人来给女人买文胸，在这里影响我的生意……"

售货员显然不耐烦了，噼里啪啦的，一阵机关枪弹从嘴巴射出，落下一大堆带有轻蔑气味的话语。

根生土里土气的样子，一时也听不出售货员话语中的鄙视。

再看看那种带有蕾丝花边的内衣，确实好看。用手摸摸，质地柔软，手感舒适。根生想，老婆穿上这样的内衣，一定特别漂亮。这样想着，就有一种冲动涌上来。根生的心跳加快了许多，脸也微微地红了，洋溢着温顺甜蜜的笑容。

就决定买这种内衣了。他要给老婆一点儿体贴。结婚十几年了，他还没想到给老婆这么关怀过。老婆一年四季跟着自己辛苦劳累，也应该穿一回好衣服享受享受了！

根生挑了三件内衣，三件内裤，还挑了一件睡裙。

售货员看根生一下子挑了那么多，紧张地说："你一下子买那么多吗？同一种尺码的你都要了，我就缺货了。你每种样式要一件得了吧？"

"为什么？怕我没有钱？"

根生手拿着印有"甘蔗专用复合肥"几个大字的皱巴巴的尼龙编织袋，一边说着，一边来到收银台。

"算一下，多少钱？"

听到根生问话，售货员急急忙忙拿过计算器，算了价钱，笑了笑说："两千三百块。"

根生从肥料袋里掏出一个像卷席子一样卷着的黑色食品袋包裹，放在收银台上，展开，拿出一小扎红红绿绿的钞票，左手拿钱，右手拇指和食指小心翼翼地将一张张钞票夹出来摆放在收银台上。有时拇指和食指还搓一下两指间的那张钞票，以为多夹带出一张呢。根生数了数，钱不够。他一下子脸红心跳，收拾他摆出来的钱，扔下那些衣服，转身逃出了专卖店。接着，嘻嘻哈哈的笑声跟着根生出来，钻进了根生的耳朵。"农村佬，舍不得买那么贵的东西的！"一个售货员说。

过了半个小时，根生又回到专卖店。从肥料袋子里拿出一大捆百元大钞亮在售货员面前。两个售货员看呆了，脸色很难看。

根生拿出一大沓红色的票子，付了钱，昂着头挺起胸走出了专卖店。

老人证

　　福生的父亲老耿真是有点儿古怪了。
　　也许是人老了，脾气便与常人不一样了吧。左邻右舍对老耿都有点儿不理解。
　　在岜那村，七十岁的老人一般还能干好多的农活儿。现在生活水平提高了，不愁吃，不愁穿，所以村里的七十岁以上的老人就不少，而且不少人还能帮家里做农活儿。老耿的身体弱一些，但也还能做些力所能及的农事，平时帮大儿子看牛喂马养鸡喂猪等等，农忙时也去地里帮忙，除草施肥等。砍甘蔗还行，但要把一捆捆甘蔗扛起来搬到车路边码起来，就不行了。
　　福生是老耿的二儿子，在城里工作。福生很聪明，读书的时候，功课学得好，在村里是出了名的"秀才"。小学毕业后他就顺顺利利考上了初中，初中毕业又考上重点高中，最后考上了大学，毕业后在城里工作，后来又当了公务员。村里人都说，村里到外面工作的人有很多，最让人羡慕的是老耿的二儿子福生。福生当了公务员，光宗耀祖，老耿脸上容光焕发。村里人都很羡慕老耿，说老耿会教子，每每教育自己的孩子也都用福生做例子。老耿老了，左邻右舍都说，辛苦劳累了一辈子，你也该到城里去跟儿子享享福啦！可老耿只是笑笑，脸上洋溢着幸福的神色。儿子也多次请老耿和母亲一起去城里过，顺便帮他照看一下家里，可老耿不想去。他说，住在村里，自由自在，很惬意，怕过不惯城里的生活。
　　村子里到镇上、到县城、到市里工作的人，有的把老父母带了去，有的帮兄弟姐妹在城里找了工作，有的找关系帮亲戚的孩子在城里找学校读书。总之，在外面做事的人都各有各的本事，为家里为亲戚朋友谋福利。老耿看在眼里，心事却藏在心里。福生的兄弟朋友也说，既然老父母不愿去城里过，你也该为家里谋点儿福利吧，或者帮亲戚办些好事、实事，也不枉祖宗的恩德呀。村主任说："村里的路还没铺水泥搞硬化，雨天泥泞，晴天灰尘，你在县城当领导，能不能找关系拨些钱来修村里的路呢？村路修好了，你回来，小车可以直接开到家门口了呀。"

听到别人对儿子说的这些话，老耿不出声。但是，没有别人在旁边的时候，老耿对儿子说："为家里办事，为叔伯兄弟办事，为村里办事，能办你就办，办不了那就不要勉强，要凭良心去办事，千万不要走歪门邪道。"

二叔也对福生说："在镇上上班的何有德给他二叔办了低保，每个月有一百多块的低保金哦，你也帮你爸办一份不行吗？"

老耿也附和着说："他二叔还能干活，又建了楼房，每年上百吨甘蔗，收入几万元。还有低保金领，他侄子真有本事呀！"

福生听出了二叔的弦外之音。

一天，福生买了些肉和菜回来给老耿。老耿说："听说现在可以办老人证，有了老人证，坐公交车不用交钱，是吗？还听说以后城里的公交车开通到乡镇，来往都经过我们村呢！"福生说："好像是吧，城里的老人就有老人证，有的还是电子的，上公交车时用那个证在投钱的地方'嘀'一下，就可以坐车了，那个证叫老年人优待证。"

老耿说："那你就帮我和你妈妈也办一本吧！"

其实福生只是县里的一个副科级领导，是领导中级别最小的。村里人不懂，以为是当大领导了。老耿并不知道儿子的职位有多高，本事有多大。自己能力多大，能办什么事，能办多大的事，福生心里有数。

当然了，办一两本老年人优待证，福生还是办得到的，也不会违反什么规定。于是，福生到民政局去帮老爸和老妈各办了一本老年人优待证，趁星期六休息，拿回农村老家交给了父亲。老耿拿着红红的老年人优待证，笑容满面，一脸幸福满足的样子。这时，有几个老友过来和老耿聊天，老耿便将老年人优待证拿给老友们看，说："有了老年人优待证，以后坐公交车去城里不用交钱的。"老耿这样说，得意扬扬，自己的儿子也为家里人办了一件好事啦！

一个老友说："听说公交车开通到镇上的事取消了。"另一个老友说："我有个外甥在交通局工作，一直没听说有公交车开通到乡镇这件事，老耿你办这个证没有什么用的！"

老耿听了老友们的话，心里掠过一丝不爽，他也知道公交车一时还不会开通到乡镇的。但很快，老耿又显出很高兴很满足的样子说："我知道！公交车现在不开通，并不代表以后不开通啊！"

人　才

周哲调到江东镇机关工作六年。

能从学校调到镇机关，从一名中学教师转变成乡镇政府干部，在这个十万人口的镇子里，只有周哲，真是凤毛麟角。那时，乡镇政府干部是最让人羡慕的职业。

周哲原本是江东镇中学语文教师兼任副校长，他年轻有为，能写一手漂亮的字，能写一手好文章发表在省、市级刊物上。

镇领导发现了这个人才，镇机关也需要这样的人才，于是把他调到机关，任办公室主任。其实，这是个秘书的角色，是为领导、为群众服务的。只不过为了好听，长脸，就套上这顶帽子，美其名曰"主任"。

能为领导服务，常常跟随领导左右，在广大的人民群众心目中，"主任"就是领导。

周哲成了人们努力奋斗的榜样，学校里的同事教育学生勤奋学习，就以周哲为例子，镇干部也以周哲为其上进的标杆。

县里有几个重要部门一直想把周哲挖走。

五四青年节那天，镇里开了个青年干部座谈会，镇领导向在座的年轻干部说：大家要向小周学习，多钻研岗位业务。精通业务，工作才做得好，像小周那样，能写能干，县里准备把他提拔为办公室副主任，是科级领导干部。

领导的这番话，让镇机关里的年轻干部热血沸腾。同在办公室的干事邓青报名参加中文专业本科自学考试，第一期报考了四门课程；管农林水的干部蔡喻文则报名新闻学本科专业考试；财务室的梁世民则报考行政管理专业。

周哲热情鼓励这些同事，为这些同事的上进心高兴。

自己将要调到县里去任职，周哲是非常高兴的。但在事情的结果还没有十拿九稳之前，周哲还不敢张扬。周哲也不是一个很张扬的人，相反，他很低调、沉着、细致。

六月初，乡镇换届工作开始了，新领导也提前到位了。周哲也积极勤恳地做着换届选举的各种材料。

八月底，乡镇换届工作全部完成。周哲依然没有离开镇机关的意思，小邓问他："不是说调县城去吗？怎不见动静？"

"不知道！"周哲没有说明原因。

随着换届工作的结束，机构改革工作马上来了。周哲依然积极勤恳地做着机构改革的材料。

十月份，因为镇机关人员超编，根据机构改革的需要，镇机关要减编减员，周哲又被调回镇教育辅导站，做起了与教书育人有关的工作，还是老本行。

调不去县城，反而调回了教育站。

就跟在镇机关一样，周哲做工作依然勤恳积极、任劳任怨、认真细致。文章照样写，教育站里的所有文字材料，周哲全包了。每次有活动，要挂的横幅，要写的标语，通通由周哲手写完成。特别是他写的新魏体字，庄重有力，刚劲雄浑。

这样的人，不会久居山野草根的。

因为周哲工作勤奋认真、能写能干，县教育局局长把周哲调到局办公室，任秘书。

后来，县委办公室主任在组织县直机关办公室人员业务培训时发现周哲这个人工作表现很出色，就把他借调到县委办公室工作。

得到县领导的重用，周哲更加勤奋努力工作，暗下决心，一定要做好办公室的工作，做好领导和群众的连心桥，绝不辜负领导的殷切期望，更不能做不利于人民群众的事，导致干群关系出现不良的情况而影响全县的工作大局。

一晃三年过去了。在第三年末的一天，办公室主任对周哲说："根据你这三年来的思想和工作表现，县里准备安排你到一个县直单位去任职。"

组织部门考虑到周哲曾经当过教师，又在教育部门工作过，就任命周哲为教育局副局长。

两年后，教育局局长下乡检查工作，回来的路上出了车祸，司机不幸身亡，局长重伤，后来成了残疾人。

周哲暂时全面负责教育局工作。于是大家都认为教育局局长这个职位非周哲莫属了。

县委、县政府非常重视教育局领导班子的建设，不久，就重新任命了教育局党组书记，新任的党组书记是从县委宣传部调来的。一般来说，党组书记和局长是同一个人担任的。

这时，教育局的干部职工的看法又改变了，周哲并非局长的最佳人选。有些人说，是周哲没有当局长的命。

只是周哲仍然认真履行职责，各项工作不曾有所懈怠。

两个月后的星期一上午，大家来到单位上班时，发现公开栏上的局办公室通知，八点半召开全体干部职工会议。

八点三十分，周哲出现在会场门口，和周哲一起进来的还有一位县领导。两个人到主席台坐下，就开会了。

会议宣布任周哲同志为教育局局长。

周哲做了简短的表态讲话，会议在热烈的掌声中结束，周哲在人们的期待中履新。

抢 险

大雨已经下了两天两夜，现在还在下，只是小了点。雨小了，可河水却涨了。区里已发布通知，今夜至明天凌晨，将有特大洪峰经过市区河段。防汛抗旱指挥部已下令，城区机关所有干部，深入沿河低洼地区动员群众转移。

李诚的任务是动员江南红木家具厂的群众转移。

傍晚的时候，沿河一带的滨江路、丽江路、江南路一片繁忙，大家都忙着转移财物。商店里，售货员把货物搬到楼上；路上，一车车的货拉到别处。看这景象，李诚想到自己任务艰巨。

江南红木家具厂位于城区东南角的河岸上，原是国企老厂，厂区五十多亩，有六十多户人家，一半多是职工住户。

要动员他们转移，难！除非洪水马上涌到。

李诚是经贸局第二副局长，联系家具厂等十多家小微企业。虽说是领导，但他精瘦如枯树般的身材，清白的脸庞，实在不像个领导，给人一种不可靠的印象。他没有架子。想摆架子，他也摆不出来。李诚感到这个工作任务非常艰巨。

在乡镇中学当老师的时候，他总是乐观、随和，不以师长自居，他课上得好，学生都喜欢他，听他的。一次学校领导班子换届，镇党委开会讨论校长人选，有一部分领导提名推荐他，但他确实不像个领导，没有校长的相貌，于是就有一部分人提出疑问：他行不行啊？稳得住吗？只有教育辅导站的站长说，领导一个学校，不是靠打架，靠一个字：智。学校老师都是有文化的人，讲道理，只要他有足够的智慧，就能领导一个学校。

最后，李诚还是没当上校长。

那天，到江南红木家具厂指导换届选举。会议室里，全厂几十号职工，你一言我一语，吵吵闹闹。

他说："已经退休了的职工就不能参加投票选举了。"

这时，一名刚退休的职工霍地站起来，厉声质问："谁说退休职工不得参加投票选举？全国人大代表选举，我们都得参加投票，你有什么法律规定说我们不得参加厂里投票选举？"

看那退休职工的架势，他没有发火，只是大声说道："选举法规定。"

"如果这次选举出了问题谁负责？"

"我负责！"

现在，洪峰还没到，你叫他们男女老少几百号人转移，确实难。

李诚和赵厂长挨家挨户去动员，天黑下来才动员了一遍，没效果。

李诚让赵厂长把厂里班子成员叫来，要求他们带头转移。

"洪峰凌晨才到，何必那么急？"他们都这么说。

站在河堤路上，望着滔滔的江水，李诚在想办法。

李诚又让厂长把班子成员和几个最年轻的职工叫来，给他们安排任务：班子成员和年轻的职工七个人，每人负责联系九户职工及租住户，今天晚上分三组轮流值班，在洪峰还没到达时，先让职工和租住户留在家里休息。到凌晨，如果洪峰到达城区河段，洪水将要漫过河堤路时，你们立刻分别到各自联系的职工住户家中督促并协助他们转移到厂区南边的山坡上。

安排妥当，李诚想回家看看，但转念一想，自己的任务没有完成，怎么能回家呢？一旦洪水涌来，自己能及时赶到吗？

河堤路上，还有一些人在看水，时不时有一组人来巡视。一千多米的河堤路，每隔几百米就有几个人在路上走动，他们时刻观察水情的变化。

红木家具厂所在的位置已是城区的边缘，这里人口稀少，旁边还有几个小微企业，都有人在那里活动，有的在搬东西，有的在观察着河水的涨落趋势。

几乎与路面相平的河水汹涌着，哗哗哗向东流去。夜幕下的水面泛着黄白色的光。波浪拍打着岸边，一涨一落，冲刷着河堤路的路基。

夜里十二点钟的时候，河水离河堤路面只有三十厘米左右。

凌晨一点，洪峰还没有来到。

凌晨两点，河水也没有变化。

三点钟的时候，一股巨大的波浪袭来，撞击着河堤路基。

过了十分钟，洪水就涨平了路面。李诚马上让值班的两个职工通知原来安排有任务的人员起来，到各自联系的职工及租住户的住处，让他们准备转移。
　　就在他们接受任务返回厂区的几分钟时间里，洪水漫上了路面，一层层的波浪冲过来，像海潮一样，冲刷着路面。紧接着，洪水又漫过路面，哗哗流向路的一边，上千米的河堤路成了一条平直的水带，在夜空的映照下，像一条白布带。
　　李诚立即转身跑回厂区，指挥职工转移。
　　一时间，厂区里热闹了起来。叫喊声、敲门声、小孩子的哭声和人们搬东西发出的碰撞声混杂在一起，气氛十分紧张。
　　李诚跑到厂区地势最低的一排砖瓦房，看到一个坐在轮椅上的老职工正用力转动车轮艰难地往前移动。他奔过去，推着轮椅往高处赶。到了坡下，轮椅上不去，李诚转到轮椅前，躬下身子，背上老职工，上了山坡。
　　山坡上，已经聚集了很多人。他们忙着在地上铺下胶布、席子等，安置老弱病残者坐下或者睡下来。李诚把老职工放下，交给旁边的人。又转身返回坡下，帮助职工有序往坡上转移。
　　不到半个钟头，厂区里的水已涨上了一米多。
　　李诚和赵厂长又蹚着齐腰的水，逐家逐户检查还有没有人没转移。
　　天蒙蒙亮的时候，洪水把厂里最低洼的几排房子淹没了。
　　赵厂长清点了人数，向李诚报告，一个不少。李诚开心地笑了。

他不是孔乙己

他变了，变得有点儿不可思议。

原本不太会说话，沉静寡言默默做事的他，现在却很能说。他说的话，估计有三分之一的人听了不高兴，但会有三分之二的人喜欢。他说的是真话，但真话中有时夹带着牢骚、愤懑、不满，有的还带着刺。以前他的话少，是因为他胆小，怕说出来的话不漂亮。他不会说话，但他会做。他做的事情令人满意。

他叫丁俊晖，但不是打台球的。他向别人介绍他的名字，说："我姓丁，丁俊晖的丁，俊，丁俊晖的俊，晖，丁俊晖的晖。"介绍完了差不多等于没介绍。大家都笑了。没想到，他在慌忙中却无意间露了点儿幽默。平时说话，他一急，语句就断断续续，别人就笑他，他也就更加不敢说话了。但是他能写一手好字，还能写一手漂亮的文章。凭借这个优势，进了集体资产管理局。因为爱读古文，也常写一些文白兼有的文章，之乎者也，跟孔乙己很相似，因而自名丁乙己，别人也就叫他丁乙己了，甚至还有人干脆叫他孔乙己。

他写的文章，领导满意。

县里搞什么全局性的活动，成立了领导小组，下设办公室及各个工作组，办公室工作人员名单里必然少不了丁俊晖这个名字。这么多年来，县里的书记、县长不知换了多少个了，但是全县性的活动领导小组办公室工作人员名单里的丁俊晖却一直没有换过。

四十五岁那年，集体资产管理局副局长的名字终于换成了丁俊晖。可后来由于经济体制改革，集体经济萎缩，于是行政单位机构改革，集体资产管理局就变成了个小单位，所管的集体企业也只是一些小微企业。不过，副局长终究还是个领导，他也就得认真对待，认真履行职责，享受这职务给他带来的爽快。他联系有关部门，为企业职工争取到了棚户区改造资金，拆掉几个小企业的旧砖瓦厂房，建起了职工住宅楼，解决了职工的住房难问题。他还大力抓经营管理，职工的钱包也鼓了起来，大家的脸都像绽开的花朵。

可是好景不长，三年后，副局长的位置又换给了别人。丁乙己被免了职，什么职务也没有了，成了机关里的"黑人黑户"。他，从此无名无分地上班下班，工作照做，工资照领，节假日照休，既老老实实又浑浑噩噩地过了四五年。

今年，组织安排他为专业扶贫工作队员，下乡进驻江东镇岜吉村开展精准扶贫工作。

于是，他的话就开始多起来了：太阳又从西边出来了。五十多岁的人还要驻村工作，估计这回该得提拔重用，驻村回来该上楼顶了。

说归说，发完了牢骚，他又带上行李到村里去了。几个老同事都笑他：你头发都白了还去驻村，估计这次要提正科了！

难怪他的怪话多了！老是愤愤不平。他也承认自己心态不平衡，工作积极性大不如前。

上面对驻村工作队员的要求也很严，实行每周五天四晚驻村工作制度，要求每个队员一定要吃宿在村里，不是休息日不得回家。

一天下午，市扶贫办的检查组到岜吉村检查工作，同时县纪委派出的工作纪律督查组也到了岜吉村，丁乙己不在村委办公室。村主任打电话给丁乙己，手机提示是无法接通。镇领导也打他的手机，还是无法接通。又打电话给他的妻子，他妻子说他没有回家。村主任打开村里的广播喇叭喊话，也不见丁乙己出现。他到底去哪里了呢？

有人说，近两年来，他牢骚话多了，怪话也多了。

检查组到村里检查工作，驻村队员不在岗，这怎么行呢？检查组的领导非常气愤！

纪委督查组领导说，工作队员工作时间不见人影，纪律散漫，作风漂浮，问题很严重。对这种作风要坚决打击。对丁乙己要严肃处理！

村委主任为丁乙己捏了一把汗。

这时，有村民从村外回来，说，老丁这几天都在甘蔗双高基地指导群众种甘蔗，今天还帮几个贫困户种甘蔗，现在还在忙着呢。

酒　棍

　　真不知道该给他起个什么样的名号，连他那个当老师的兄弟都不知如何给他一个称谓。

　　他家三兄弟，老大聪明，读书用功，喜欢舞文弄墨。老二精明务实。他是老三，不知如何概括出他的特点就是他的特点，似乎喝酒就是他一生的重要事情了。可喝了几十年的酒却又喝不出什么名堂来，所以，想给他个名号都难以确定。叫他酒仙？不行，李白斗酒诗百篇，诗仙，老三酒是喝了，但没有这能耐，故"酒仙"不妥。叫酒囊，也不恰当，不切合他的特点，囊，装载酒水的器具，有被动地把酒存入其中的意思。酒神，有千杯不醉的意思在里面，不行，他喝酒没有这个能力。酒圣，有"高手"的含义，而他并不是喝酒的高手，只是平常的自斟自酌，却常常过量，所以，称他为酒圣，是不可能的。叫酒疯子吧，还是不行，疯，即疯狂，即疯癫，他喝酒也不疯狂，喝高了，也不疯癫，只是嘴巴多了。酒鬼，贪杯，又老又瘦，醉后常露宿街头，行踪飘忽如鬼，可他虽然身材不高大，却健壮扎实，不像酒鬼。

　　其实，他就是喜欢喝酒。酒是他的最爱，他身体里的每一个细胞都饱含酒精成分。他每天都喝酒，有事喝，没事也要找事喝，一喝上了就抑制不住，喝醉为止。天天喝，天天醉。他的人生里没有一天是清醒的，喝醉了也不疯不闹，仅仅是说话多了而已。这种状况，还真是无法给他个名号哇。

　　因为喝酒，所以他一直是光棍一条。

　　突然，有人就想到讼棍、搅屎棍。人们把那种喜欢找事打官司或者喜欢帮人打官司的人称为讼棍，把喜欢寻衅滋事破坏和谐的人称为搅屎棍。那么，有事喝酒没事就找事喝酒的光棍，就是酒棍，与搅屎棍、讼棍是同类。

酒棍，姓何，因酉时出生，爹妈没有文化，村里的小学老师就给他起名为酉。因他排行老三，小名"阿三"。

一次，村里开会讨论集资搞人饮工程，凡是同意集资的就签名。喝得醉醺醺的何酉签名时迷迷糊糊地把"酉"字写成了"西"字，旁人都笑他："你这个哪里是酉字呢？你把酉字写成西字啦。"人们哄堂大笑。有人接着说："阿三哪，干脆再加三点水上去，叫何酒算了。"说完又是一阵哄堂大笑。

虽然有名有姓，但在村里人的心目中他就是一个酒棍，所以人们都叫他何酒，与"喝酒"同音。

爱喝酒本来没有错，问题是喝了酒误事。

有的人因为没本事，娶不到老婆，所以被称作光棍。酒棍与光棍一样，也是没什么本事。本来，善于喝酒的人一般都能整得一手好菜，可何酉只知道往肚子里灌酒，整菜，则一窍不通；会喝酒的人，都会品酒，能分辨出酒的好坏，而何酉则认为茅台酒和自家土酿的木薯酒一样，喝多了都会醉，所以他只能是酒棍了。

年轻时，他曾跟初中同学谈恋爱，可能因为当时还年轻，还比较理智，也可能因为女朋友的约束，他喝酒还能节制些，所以那个同学一心要做他女朋友。他也常带女朋友走亲访友，出双入对，很是幸福甜蜜。眼看这一场恋爱就要谈成了，他把女朋友带去城里的二哥家，让二哥二嫂认识一下。晚餐在二哥家里吃，二哥陪他喝了两杯酒就不喝了，可何酉意犹未尽，继续自斟自酌，说："今晚高兴啊！"女朋友则坐在饭桌旁边陪他。

第二周星期六，他一个人跑到城里二哥家，说想到城里打工。二哥看他只一个人，问他女朋友呢，他说吹了。

从此以后他一直都没有女朋友，到现在还没有老婆，真是逢饮必醉，一醉误千秋哇。

在城里打工这几年，酒棍因为醉酒误事，无数次被炒鱿鱼，二哥也经常劝他少喝酒，可他说："不喝酒我还能干什么呢？"真是狗改不了吃屎。

一天晚上九点多钟，他的酒友打来电话，说何酉喝酒过量导致胃出血，已经被送到市医院抢救。

在医院躺了半个月，他暴瘦二十斤，身体虚弱，有气无力。出院后就回乡下养身体了。

经历了这次劫难，何酉捡回了一条小命。估计从此他不会喝酒了。

一日，二哥一家老小回乡下看望父母。车到家门口，就听到家里有吆喝声、猜码声传来。二哥想，这家伙真是不见棺材不落泪。进去一看，一帮朋友正在喝酒作乐。

何酉只是坐在旁边陪着，没有喝酒。

1988年的一次体检

我很心急，因为体检明天就结束，还有"内科"和"胸透"这两项没有检，特别是内科还有很多个小项目。医生说必须先做胸透然后才能检查内科。

轮到我了，医生让我站到那个四四方方黑色的立式柜子前。才站好，黑柜子里传出声音："你把衣服脱了吧，我看仔细点儿，肺部有阴影，情况好像很严重。近来你有咳嗽的情况吗？"

"没有。"我简单回答。

诊室里，负责胸透的农医生正给一叠体检表盖上"心肺正常"的印章，然后发给体检的人。最后只留下我。

"怎么办？你的肺部好像有点儿问题。"

"不会吧？我一直都没有感觉到哪里不对劲哪！"

"那该怎么办？"农医生目光温柔，打量着我，显出很关心我的样子。

"你就盖上'正常'的印章不就行了吗？"我见旁边没有别人，就大胆地这样说。我不想让我的这次体检有问题，我也不觉得有什么问题，我更不想失去这一次进修学习的机会，所以我希望医生能成全我，帮我这个忙。我希望医生不要太认真，不要太严格，让我的体检结果全都正常。我想，这种开放的自由的体检不需要太认真的。

"这样不行的。这样做就违反了体检工作的纪律要求，对你也是不负责任的。我也知道这次的进修学习机会对你的重要性，但身体更重要哇！"

这时离上午下班只有半个小时了，上午做不了这一项，就会影响下午的各项体检，还要在今天下午下班前将体检表提交到招生办公室，我能不急吗？可正在这紧要关头，却有一床住院病人被护士急急忙忙推进来，说是突发疾病的，让农医生先给他做胸透。医生叫我到外面等一会儿，再想个两全其美的办法。

上午体检的各个项目都很顺利，偏偏在差不多下班时卡在了胸透这一项上。刚才抽血验血常规时，医院刚进来一个伤势严重的农民，化验室的医生都到外科手术室那边去帮忙了，我在化验室门口焦急地等了很久，旁边一间办公室里的一个女医生见我焦急的样子，问我是不是找化验室的医生，我把情况跟她说明之后，她竟然能把正在休息的另一个医生叫来，帮我抽血化验，还交代我说化验结果下午才出来。

就在那个突发疾病的病人做完透视时，下班时间到了，我拿着体检表悻悻地离开了医院。

中午我在姨妈家午休，可我睡了很久都睡不着，躺在床上胡思乱想。听说有个别医生收了红包才给病人治病，我是不是也走这条路呢？给医生送红包，他要不要呢？如果他要了，那就一切顺利。如果不要，那我多难堪哪。如果不要，他为什么不直接给我盖上"正常"的印章？他是真的为我着想吗？不过，不管他要不要，我都准备三张"大团结"，以备用。

也许他是真的为我着想，他工作是认真的。按照这样来推理，我的身体是真的有问题了？这样一想，我的心情立刻紧张起来。是呀，医生是认真的，我的身体出了问题。我要弄清楚自己的身体状况。今天上午，我只顾想要体检"正常"的结果，没有想到自己身体可能出现的状况。

我急忙起来，用冷水洗了脸，就赶到了医院。离下午上班还有半个钟头，我却发现农医生已经来了，他说今天有体检工作任务，病人也多，就提前来上班了。

我把我的担心告诉了农医生。农医生说："我还是给你复查一下比较好。我带你到留医部去，那里有一台机器更先进一点儿，同时拍一张 X 光照片，这样判断更准确些。"

遵照医生的指导，我又在另一个据说更先进的立柜边变换几种姿势各站了一会儿。十多分钟后，医生拿着 X 光照片出来了，对我说："右肺确实有淡淡的阴影，炎症前期的特征，问题不大，属于正常现象，注意点儿就不会有问题的。"

帮扶计划

上午，市 w 局召开干部职工会议，布置精准扶贫工作。

今年 w 局挂点联系帮扶重点贫困村那州镇岜垄村。会议要求，每个领导干部负责帮扶三个贫困户，每个普通干部帮扶一个贫困户，今年确定帮扶的贫困户要脱贫，明年还有新的任务，岜垄村力争三年内摘掉贫困村的帽子，甩掉贫困村这个臭名。

分管扶贫工作的年轻的林弘副局长的任务是联系帮扶何亚福、林福艺、何海龙三户，林弘与局领导还签了责任书。

这次扶贫，似乎跟以往不同，要求倍儿严，单从任务数的不同，就可以看出来。

林弘望着手中任务表上的三个名字，立刻，贫困村的贫困画面浮现在眼前。

苍黄的天底下，荒凉的黄土高坡之上，或者半坡中，散落着十多间低矮的房子，黄土墙，茅草盖，也有一些是稍好一点儿的，或砖墙草盖，或土墙瓦盖。一只母鸡带着几只小鸡在土墙下刨食，鸡爪子划拨泥土，爪下便冒起了一股股烟尘。几个面黄肌瘦的中老年人在屋前聊天……

或者是，崇山峻岭之间，一条小路往山林深处蜿蜒，几个人挑着担子，赶着牛在小路上慢慢移动，山脚下，十几间石头砌成或者泥土夯成的房子散落在那里，有的高，有的矮，参差不齐，零乱无章……

出生在农村，小学在农村读书的林弘知道，这就是贫困村。但是上初中后就离开农村，大学毕业后就在城里工作的林弘不知道，这么贫困的村、贫困的人，该如何去帮扶，让他们脱贫呢？

局长说了，我们单位挂点帮扶的是山区里的贫困村。

林弘心想，可能就是那种地无三尺平、出门就爬山的村子吧！因为没有路，耕地少，所以贫困吧。好在这样的村子，倒是山清水秀，美不胜收。只是穷了点儿。

　　下午，林弘打电话给岜垄村的村支书，让他通知村里的几个贫困户，明天，市直属的帮扶单位的领导带领几个干部到村里，与各自联系的贫困户对接。林弘告诉村支书，局长答应给村集体五千元的资金扶持，具体的贫困户如何帮扶，待对接调查了解清楚再说。村支书满口应承。

　　第二天，林弘和四个同事一起，开上自家的越野车，四十多分钟后来到那州镇，然后再走十多公里坑坑洼洼、弯弯曲曲的山路，又颠簸了四十分钟，来到了岜垄村。一路的颠簸，一路的震荡，林弘和同事们的身子骨简直要散架了。山区的泥土路，汽车过处，灰尘滚滚。

　　当车子拐过一个山角，爬上一个山坡的时候，他们眼前一亮，四面环山包围着的山脚下，一个小村庄呈现在眼前，小村庄树木很多，绿树成荫，有十多座或一层、或两层的楼房耸立在掩映的绿树中，很多暗灰色的瓦房从树丛中露出脸来。林弘知道，这就是本单位挂点联系的贫困村。

　　村支书说，这是岜垄村的陇高屯。这里真的很贫困，因为这里是山区，田地少，不通路，没有经济收入，年年被县里定为贫困村。

　　林弘将信将疑。

　　走进村子一看，一座座低矮的旧瓦房或破旧的泥坯房羞耻地隐藏在高大的树下。

　　村支书说，前些年，家里有几个青壮年劳动力的人都跑到外面去打工，挣了钱，建起了楼房，而大多数人还是住在破旧的砖瓦房或者泥坯房里。通往村外的路也还没修，因为路途中要经过山坡，投资大，还需要上级政府拨款才能修。

　　林弘几个人在村支书的引导下，走访了何亚福等十几个贫困户，详细了解了这些农户的家庭情况，并一一记录下来。

　　这些贫困户最主要的问题是家庭收入少，由于每家每户人均耕地面积不到两亩，都是山地的多，土地贫瘠，只能种玉米。他们也养鸡养猪，但由于道路不够通畅，养猪养鸡往外销售也很困难。他们靠山吃山，平时也采收到竹笋、野生菌、野菜，走几十里的公路挑到街上卖，补贴家用或者供孩子读书。除了这几项再没什么收入了。收入少，吃穿很勉强，就谈不上建房子之类的大事情了。所以村子里的住房大多都是陈旧破烂的，因为贫困，又是山区，外面的女人都不愿嫁到这里来，所以光棍汉也不少，能娶上老婆的，也是几个山区村屯互相交流通婚的。

林弘知道贫困村的贫困状况，但像这样深度贫困的状况，林弘第一次了解。

林弘心里很难过。

傍晚六点钟，林弘开始返程。一路上，林弘一言不发，大家都以为他今天太累了不想说话，所以大家也都不说话。当他们的车子来到镇上的时候，林弘突然说，他一路来思考了对这个村的帮扶措施，等回到单位向局长汇报了再跟大家共享。

第三天上午，林弘到局长办公室汇报工作，并把他的帮扶计划与局长交流。局长说，政府已经正式发文，针对我们所挂点的同一类贫困村，政府将投入资金建一个贫困人口安置点，将山区无房的贫困人口进行集中安置，安置点定名为"幸福花园"。同时要求企业设立扶贫车间，安排贫困劳动力就业等等。说完把文件交给林弘。

电脑也会开玩笑

"咦！是什么情况啊？牛反轭啦？刚才还好好的，怎么现在输入手机号码没有反应了呢？"骆越民像是自言自语地说，眼睛紧盯着电脑屏幕。

"呵呵，可能是感染病毒了吧？"旁边的小李也正在忙着把材料录入电脑，听到老骆说话，连头也都不抬，开玩笑说了这么一句。

骆越民说："输入身份证号码的时候还好好的，为什么输手机号码就不行了呢？是不是输入的东西太多了，它也太累啦？就像牛耕地，累了它就反轭不干了。"一边说，一边把身份证号码删掉，重新输入。非常顺利，没问题。再输入手机号码，还是不行，电脑没有反应。

真是太奇怪了！

骆越民仰起头，上身往后靠到椅子的靠背，伸了个懒腰，打了一个大哈欠。

骆越民和小李坐在电脑前录入材料已经有五六个小时了。他们两个是负责金麦新园小区防疫工作的网格员，正要把小区里的住户人员的信息资料录入电脑，以便于管理。

金麦新园小区占地面积约七万平方米，有二十五排共四百五十多栋住宅楼，原住居民和外来租客有六千多人，人口多，人员情况复杂，人员流动变化很大，几乎每天都有新租客入住或者旧租客退租，"外防输入，内防反弹"的疫情防疫工作压力很大。今天大半天，骆越民和小李在小区里入户排查登记住户人员情况，他俩一栋栋楼房一户户人家去走访、登记，中午也不休息，直到下午四点钟才回到办公室，他们俩要把登记来的住户人员信息录入电脑，制作住户人员情况信息表，争取今晚全部完成录入工作。

"小李，你过来帮我看看，到底什么情况。"

密码

"是不是你在表格上错误设置了什么？"

小李走过来，站在旁边，骆越民删去电脑表格上的身份证号码，并刷新了页面，然后重新输入。"没问题呀！"然后又输入手机号码。这时，小李突然惊叫起来："哎呀！把电话号码输入电脑，你去按那个电话键盘干什么？"

骆越民这才恍然大悟，两个人同时哈哈大笑起来。

家　事

　　中午，老三打电话给老大，说等一下上街去买几个菜回来，晚餐请几个叔伯兄弟来吃饭，商量如何分担护理母亲的责任，解决母亲养老的问题，问老大有没有时间回家一起商量。老大说工作太忙，没有时间回去。他告诉老三："你和老二跟叔伯兄弟商量怎么办吧，商定下来之后告诉我，我不能回去护理的话就出钱兑工钱呗，谁替我履行护理母亲的责任，我就付钱给谁。"

　　老大也想亲自护理母亲，尽一份为人子的责任，无奈工作在身，而且工作的地方离农村老家五十多公里，总不能抛开工作回老家护理老母亲吧？自古忠孝难两全哪！老大只能寄希望于两个弟弟的理解和包容了。

　　父亲去世后，八十岁的母亲一直随老三生活。老三还没结婚，母子俩相依为命。

　　上周，母亲摔了一跤，被老三送去医院拍片检查，医生交代：老人左侧股骨骨折，因年纪太大，且瘦得皮包骨，不宜动手术，只能静养，让受伤的部位慢慢恢复。于是，护理母亲的重担暂时落在了老三的肩上。

　　母亲大小便、脱换衣服等方面已经不能自理。而老二夫妻两个对母亲的伤痛不管不顾，老三意见很大。

　　傍晚，老三又打电话给老大，说已经跟老二和几个叔叔商量好了，三兄弟轮流护理母亲，每人一天，从明天开始，按长幼顺序，你老大，第一天是你。如果不能来护理而让别人代替的，护理费包括伙食费每天两百元。

　　听到老三说"不能亲自护理母亲而让人代替的，护理费每天交两百元"这句话，老大只"嗯"了一声，便不再发声。老三见老大不出声，便没有好口气地说："嗯什么？大家商量决定了，现在大叔二叔三叔都在这里，你不能来护理妈，你就说让谁替你吧！"

"一天两百元要负担到什么时候？"

"到去世为止。"

老大又不出声了。从电话里听得出来，很明显，老大好像很生气，这不是敲诈吗？这不是欺人太甚了吗？母亲就是骨折，行动不便而已，她还能说话，还能自己拿碗拿筷子吃饭。在农村，帮人家砍甘蔗，从早上七点到下午五点钟，中间在田边就地吃中餐午餐外，连续干活十个小时才一百四十元，现在就是在母亲需要行动的时候帮助她，也要超过砍一天甘蔗的护理费吗？

见老大没答话，老三又催问："你到底让谁来替你护理妈呢？"

烦乱气恼的心情让老大没有一点儿思考和与他们讨论的余地，见老三催得急，老大急忙说："那你就干吧。"

挂了老三的电话，老大又打了球叔的电话，问他参加讨论了没有，是谁提出"不能亲自护理母亲而让人代替的，护理费每天交两百元"这个意见。球叔说："是你三叔几兄弟提出来的，我都没机会提什么意见，他们就定下来了。"

听了球叔的话，老大感到，大叔二叔三叔处事也太不公平公正了，也不按实际办事，难怪他们三兄弟一直都没法和睦相处。

老大非常清楚护工的工资和老人托管养老机构的收费，类似母亲这种情况，请一个全职护工，每月工资不到四千元。两年前父亲在城里住院时，老大还嫌贵而没有请护工，亲自护理父亲，直到父亲去世。

周末，老大开车带上儿女回到农村老家，老三干农活刚回来，老二不知道去哪里。母亲坐在沙发上看电视，一小盆玉米粥和一小碟青菜放在母亲前面的方凳上。

老大跟老三说："护理老妈的责任就麻烦你替我分担了吧，一天给你两百元钱，说多也不多，谁叫我没有时间来护理她呢？说少吧也不少了，城里的老人托管所月托全部费用才四千元。我现在每天给你两百元，两百元有两百元的护理标准，以每天两百元的标准为标准，我们三兄弟，老妈的护理标准和质量，每个月就有六千元了，也就是说老妈每个月可以享受到六千元钱的护理了。你拟一个协议书吧，每天两百元钱，护理要做到什么，伙食方面每餐吃什么，以后就按这个协议来做。"

老三说："其实确定不能护理妈要每天交两百元钱，目的是逼迫老二履行他的那份责任的。"

过了几天,老三打电话给老大说,协议书没拟出来,因为两百元钱的护理标准确实太高了,实在做不到。

节日过后第一天

推门走进周伯母家时，是下午三点钟。见到我，她好像早就预料到了我要来似的，微微一笑，说："小黄又来啦？吃粥喂！桌上有糍粑，拿来吃吧！"好像我是她家的一员，可以很随便的样子。农村人的好客，真情实意，毫无虚伪。我看见厅堂正中的八仙桌上摆着十几包用芭蕉叶包的已经蒸熟的糍粑。这是昨天做的过节的食物，昨天是冬至。冬至大过年，意思是过冬至这个节气比过年还要隆重。看到周伯母家的这些糍粑，想到昨天这个节日，周伯母一家一定会杀鸡，可能还有鱼有猪肉，餐桌上肯定有丰富的菜肴，一家人开开心心过节。看来，周伯母家今年脱贫应该是不成问题了！

周伯母一家四口人。她已经七十五岁了，银白色的头发，苍白的脸，虚弱的身体，她不事农活也有十多年了。她有两个儿子一个孙女，其中一个儿子肢体二级残疾，根本无法干活，孙女在读小学。有八亩耕地，全部种甘蔗，每年的甘蔗总产量不到四十吨。耕地少，缺劳动力，这是造成她家贫困的主要原因。

我刚来做她家的帮扶联系人的时候，她家一家子住在低矮破旧的砖瓦房里。去年，我帮她家申请了危房改造补助，指导她家有劳动能力的儿子自筹了部分资金，还帮他联系卖建材的商家先赊一部分建材款，等房子建好验收合格，危房改造补助款拨下来了马上还清。为此，我还为她家的赊账做上了担保人。这样操作也真是个好办法，六月初开始运作建房的事，到八月中旬就把房子建了起来。新房子只建一层，八十平方米，人均二十平方米，砖混结构，设三个房间，配套有厨房和卫生间。只做简单的装修，就有了洁白的墙壁，平滑的瓷砖地面，窗明几净。一家人搬进新居，欢天喜地。周伯母满脸笑容，她应该没想到这辈子还能住上这么好的房子，高兴、满意、幸福全都写在了她历经沧桑的脸上。她那残疾的儿子则笑呵呵地跟前来帮忙搬家的亲友聊天。而那个在读小学的孙女，带着叔伯家的两个弟弟，时而在新房的新床上滚来滚去，时而到窗口去远望。

今天，我肯定要来周伯母家的，因为她家今年要脱贫了，过几天就要进行脱贫验收了，戴了多年的贫困户帽子也应该摘下来甩掉了。今天来，就是再核实一下，脱贫的条件符合了没有，还缺哪方面没有达标。收入方面，八亩耕地的收入肯定是捉襟见肘的啦！年初，我又给周伯母家有劳动能力的儿子莫洪曾争取到了一个生态护林员的岗位，每年有一万块钱的工资收入。周伯母家残疾的儿子还有低保金和残疾人生活补助，一年有四千多块钱。家庭经济收入方面应该没有问题了！他们应该不愁吃不愁穿，居者有其屋、病者有其医、学者有其所了！但是为了确保万无一失，我还是来了。

昨天是冬至，我回农村老家过节，陪陪父母亲。说是过节，其实是奔丧。昨天早上，我二婶婆不幸与世长辞。二婶婆家也是贫困户，也是计划今年脱贫，没想到贫还没脱她就先与我们永别了。

因为穷，周伯母的儿子莫洪曾的老婆嫁过来一年生了一个小孩之后，就狠心抛夫弃子离开了这个家。儿媳妇的离家出走，让周伯母一家雪上加霜。莫洪曾不得不既当爹又当娘地把孩子拉扯到了十一岁。现在莫洪曾一个劳动力支撑着一个四口之家，担子重啊！

今天早上，镇包村领导打电话问我村里的脱贫"双认定"验收准备工作做得怎样了，我告诉他，已经对二十八户计划脱贫户进行了脱贫达标情况核实，还有七户还没入户核查，争取今天完成。所以下午两点钟的时候，二婶婆还没出殡，我跟堂叔说有紧急任务，就赶回到我工作的村里。

"伯母，洪曾去干活还没回来过吗？"

"还没呢。今天砍甘蔗，请了十多个人，砍够一车就收工了。"

"当老板了哦！干农活都能请人工啦！家里劳动力少，就要开动脑筋想点儿办法才行，请人工也是一个好办法呀，要不，一个人怎么能做得过来呢？"我半开玩笑半鼓励地说。扶贫要扶智嘛，平时我都是这么交代他：你劳动力不够，就请人工，让钱为你打工，用钱为你赚钱，你单靠你的兄弟姐妹帮忙还不行的。扶贫方面有小额贷款，你也要充分利用这个资源发展生产，增加收入，脱贫致富……

"哎！你别笑话了，我家洪曾就是命苦的人，因为穷，老婆都跑了，一个人支撑这个家，太难了！"

"没事的。我打电话给他，看他准备回来没有。"

我正要拨打电话，门外有摩托车声来到。莫洪曾回来了。

我叫他把帮扶手册拿来，核对今年的收入：甘蔗纯收入一万五千元，护林员生态补偿金收入一万元，残疾兄弟的生活补助和低保金三千六百六十元，你母亲的农村养老金一千四百四十元，今年家庭纯收入三万多元，人均纯收入达到七千五百元，够了。这顶穷帽子可以摘下来远远地甩掉了。

我帮他把这些数据填到帮扶手册上去，让他确认。然后和他交流"两不愁，三保障"的情况。有了收入，吃、穿两不愁了。孩子上学读书也没有问题，家人生病有医保，房子也有了，有水有电，什么都不缺了，今年可以脱贫了！我告诉他明后天就要进行脱贫"双认定"考核验收，到时候会有工作组来你家现场核验的，我们要积极配合。我不是单独叫他积极配合，我故意把我也包括在里面，目的是让他知道，扶贫的事不仅仅是他的事，我们帮扶人会一直都在帮他。

交代清楚，正想道别，却发现房前屋后脏乱不堪，一堆甘蔗种散乱地堆在门前，各种农具横七竖八地到处乱放，房前地面上到处是鸡粪。我赶紧叫他一起，动手把蔗种码放整齐，把农具集中在墙边摆放好，然后再把地板打扫干净。

从周伯母家出来，已经是五点多钟。冬天天黑得早，夜色像一层黑幕笼罩下来，我一个人走在村道上，心里感到迷茫，有点儿空虚，有点儿孤独，惆怅，又似乎无牵无挂，似乎一无所有。今晚我该去哪里？是返回老家还是驻村？我怎么会是这样？刚才，忙碌中的我并没有这些奇怪的情绪呀！

其实，人哪，还是工作忙起来才好，充实。

老　丁

老丁真是"老丁"。

老丁的性格和他的姓氏完全吻合，就是"老丁"。"字"如其人哪。

舍不得花一分钱，舍不得吃一口好东西，把钱物攒得紧紧的，这种人，人们就叫他"老丁"，也叫"丁头"。"老丁"就是铁公鸡，一毛不拔，也可以解释为吝啬鬼，过分节省，也叫抠门。说得好听一点儿是节约。

老丁姓丁，至于名字，村里人早忘记了，年轻一代更无从知道了。大人小孩都叫他老丁，他也不避讳，更无恼怒，一律应答。"老丁"就成了他的专属称呼。

老丁是经历过生产队时代的人，特别是经历过困难时期。那时，新中国成立才十多年，生产力还很落后，各项建设事业百废待兴，人们的生活还很困难，衣食住行的物品还很紧缺。老百姓非常理解自己的国家，生活上自觉节衣缩食，把更多的财力物力投入到国家建设中。

那时候，老百姓家里普遍比较困难，粮食不够吃。老丁家也一样，每天吃的是玉米粥，那锅粥稀得像水，都可以当镜子照了。吃了一餐粥，屙两泡尿，肚子又空了。那时老丁还小，不太懂事。一天晚上，父亲用玉米和白米混合煮成了一锅饭，吃饭时，小老丁怕不够吃，就用大海碗盛了满满的一碗，而两个哥哥和一个姐姐却每人只得吃了一小碗，后来他吃不完，但又怕父母骂他贪心，就悄悄把剩饭倒到猪槽喂猪，结果他被母亲痛打一顿。父亲趁机教导他："农民辛辛苦苦耕田种地不容易，一粒米一粒豆的收入实在不容易，你要知道节省，不能浪费……"

有一年，小老丁的表姐订婚，表姐的未婚夫买鸡买肉带米带酒到表姐家认亲，姑妈要请亲戚朋友吃饭，喝订婚酒。姑妈理所当然请到老丁一家，老丁一家非常高兴。下午的时候，大家准备到姑妈家吃饭，小老丁一高兴，看见锅炉里还有几个早上煲熟的红薯，就一口气把这几个红薯干掉了。父亲知道了，连骂带讽刺地挖苦小老丁说："你真是太乖了，明知等下有扣肉吃，还吃红薯填饱了肚子，等下还怎么吃扣肉？"从那时起，小老丁就慢慢变成了"老丁"。平时，有人请吃饭喝酒，如果是白吃白喝，老丁一定随请随到，如果要交钱的，他肯定说有事不能参加。

当时，为了发展农业生产，生产队长号召家家户户都要积集农家肥，把农家肥交给集体，可兑工分，年底按工分值分配粮食。广大群众也积极响应号召，家家户户有厕所，备尿缸，大便都在自家的厕所，小便就往尿缸里尿，尿积多了就用木桶挑去给农作物施肥。如果在野外，小便要尿到田地里，决不轻易浪费一点儿农家肥，争取为集体多做点儿贡献。

老丁和村里的人一样，积极做好积肥工作。他的大儿子在城里工作，儿子经常叫他到城里住几天。一次上街，老丁内急了，他不知道去哪里找厕所。就想转到街边人少的地方解决问题，刚转到街边，发现那里的花坛上的花草有点衰败，他想，这些花很久没有人浇水施肥了吧？这时正好没人，他就站在花坛边想把小便尿到花草根上。突然，有个保安远远冲过来，喊着："不能随地大小便！"老丁急中生智，说："我没有小便哪。"保安说："你不小便把手伸到裤裆干什么？"老丁说："我自己的东西拿出来看一下不行吗？"

晚上，老丁喜欢在儿子住的小区里溜达，看看小区里的花草树木。有时候内急了，他就在小区的树荫底下解决问题，儿子知道了，说："不能随地大小便的。"他反而教导儿子说："我在树根下尿尿，一可以给果树施肥，二可以节约家里的水，你在家里尿，要用水冲，不浪费水吗？"

老丁真是"老丁"，"抠门"抠到骨子里了。前几年，国家落实了二孩三孩政策，现在学龄儿童逐渐多了，于是，原来撤并到乡镇中心的村小学校又要搬回来恢复办学了。可原来的小学校的教室由于年久失修，已经破败不堪，需要建一栋教学楼，进行校园基础设施建设，购置课桌椅等教学设备。政府拨给大部分资金，小部分由村屯群众集资和个人自愿捐资助学。村里召开了群众大会进行宣传发动，广大村民纷纷踊跃参与集资，有能力的个人也参与捐资助学。作为本村村民，老丁也不甘落后，把自己积攒多年的三万二千元的私房钱全部捐给了学校。在学校公布的捐资助学人员名单中，人们才知道老丁的姓名叫丁财兴。

这一年，老丁已经七十一岁。

路

她们下了车，站在了家乡街上的时候已经是傍晚五点半。街上人流稀少，宽阔的街道上到处都是还没来得及清扫的垃圾，从这一情况来看，今天是街日。农村集市仍然是过去的老习惯，三天一个街日。临近春节了，街上就比平时热闹繁华多了。

"赶紧走吧！要不一会儿天更黑了，我们还要走很长的路呢。"阿春姐催促道。傍晚了，赶街的人都回家了，拉客的三轮车也收工了，她们只能走路回家了。

她们四个人去广东深圳打工已经有四年不回来了，今年她们要回来过春节，刚下车。冬天的天气阴沉沉的，天黑得早，才五点半，感觉好像是夏天晚上的七点半了。

"走吧走吧，天黑了，山路不好走哇，还是趁早赶路吧，争取八点钟到家。"艳青表妹一边附和着说，一边迈开脚步出发了。阿春的妹妹和同村的阿莲也赶紧背上背包，提起旅行包跟上。

离开小镇，走了十分钟，她们来到一片比较开阔平坦的地方，那是一片稻田。稻谷已收割，留下的是枯萎的稻秆。站在田埂上，抬眼望去，映入眼帘的是连绵不断的黑黝黝的远山。沿着开阔的稻田中的小路再走十多分钟，黑黝黝的远山变成了近山，她们马上就要投入到这些山的怀抱中去了，因为她们的家就隐藏在这些深山中。

她们的家在九岗村岜西屯，距离小镇的中心点将近十公里，从街上到岜西屯要走七八公里的山路。九岗村是贫困村，岜西屯有六十多户人家，两百五十多人。阿春家有五个人，年迈的爷爷，年过花甲的父母和阿春姐妹俩。阿莲家有四个人。表妹家也是五个人，分别是父母、哥哥和一个读小学的妹妹。山区村屯耕地少，不通路。深山老林里山货多，林木资源丰富，因为不通路，这些物资都无法运到山外销售。因为贫困，青壮年都选择外出打工，有的出去打工十多年都不回家一下。女孩子出去打工，打着打着就嫁在外面不回来了。

她们四个也是几年不回来了，但她们还没有嫁，她们还念着父母家人，所以她们今年回来过春节。想到再过两个小时就要见到久别的亲人了，她们很高兴，嘻嘻哈哈相互追逐，虽然身背手提着重重的旅行包，但也不觉得累，不一会儿就上了半山腰。

天更黑了，半山腰上到处是杂草树木，丛生的杂草几乎掩盖了路面，而周围只有灰蒙蒙的一片。她们又走了一会儿就转到了另一个半山腰。这时，她们发现路好像走不通了。阿莲说："我们是不是走错路了？"阿春姐说："没走错，是这条路，我记得的，只是现在草太多了。"表妹说："整条路都长这么多草，难道村里的人都不走吗？"阿春姐说："村里都是老人和孩子的多，走这条路的人当然就少了。"

阿春姐认得路，走在前头，她们一边摸索一边艰难地往前走，她们走得很慢。

现在已经是腊月十八了，由于云层厚，月亮没有露脸，但周围却是有蒙蒙的光，比刚刚天黑时亮多了。

她们努力地往家的方向走。想想再过一会儿就要见到几年不见的亲人，那该是多么的激动啊。她们非常兴奋，不知不觉就走了大约一个钟头，翻过了好几座山。

又走了一会儿，她们来到了一个山坡上，站在山坡顶上，向家的方向望去，在这大约一公里的山坳上呈现出一片淡淡的亮光。她们知道要到家了。

从山坡上下来，又转到另一座山腰，就看见村庄了。星星点点的灯光散布在山坡上，山坡的上边和下边分别有成串的灯光，就像一串串珍珠，下边的这一串很长，一直往村外延伸。村庄的上空映着灯光，一座座楼房在灯光的映衬下显得格外漂亮。原来山村的夜晚也是很美的。

就要到家了，她们兴奋、激动，完全忘记了刚才一路走过来的艰辛，竟然不约而同大声叫道："岜西，我们回来了——"

离村庄近了，路也好走多了，这条路是村民上山劳作时常走的路，没有丛生的杂草，只是凹凸不平而已。

她们四个一路小跑，从山坡上下来，就到了村庄西头。村头有一间小商店，这是残疾人刘大叔的小卖部。店门外的地面已硬化，平坦光滑，屋前路边竖立着一杆太阳能路灯，灯下一片光亮。屋前大榕树下十多个村民在聊天，看见阿春她们从村西边的山坡上下来，都惊讶地问："你们是走山路进来的呀？你们不知道村子已经修了一条路直通到山外边吗？硬化路在去年国庆前就修好了，村内道路也全都硬化完了，还安装了太阳能路灯呢！"阿春说："怪不得我们远远就看见村子的光亮了。"

后 记

经过一段时间的筹备，集合了本人利用业余时间创作的60篇作品的小小说集《密码》终于要付梓了。

很高兴！这是我的第一部小小说作品集。

这部小小说作品集的创作及出版，得到了广大文友的帮助和支持，在此，我表示衷心感谢！感谢崇左市江州区文联的同志们，感谢给我练习写作、发表作品机会的《江州文艺》，感谢中国作家协会会员、广西小小说学会会长申弓先生和广西作家协会会员、广西小小说学会秘书长墨村先生的鼓励，感谢郑州小小说集团举办的全国小小说高研班的卧虎校长、顾建新教授等，他们对我写作的小小说作品进行过很多指导。我更感谢广西作家协会会员、中国微型小说学会会员、崇左市小小说学会会长莫灵元先生，是他引领我走上了业余写作的道路，他在百忙之中抽时间为我的小小说集写了序。

总之一句话，谢谢了，各位文友！

作 者
2021年9月30日